集英社オレンジ文庫

藤丸物産のごはん話 2

麗しのロコモコ

高山ちあき

本書は書き下ろしです。

目次

藤丸物産のごはん話 2

麗しのロコモコ

第一話　麗しのロコモコ

九月に入り、食堂のメニューは少し変わった。

それに伴《ともな》い、まかないもサーモンフライや、秋茄子《あきなす》と舞茸《まいたけ》の味噌炒《いた》めなど、秋らしさを感じる料理がならぶようになった。

調理補助スタッフとして働く皆川杏子《みながわきょうこ》は、ランチタイムの片づけが一区切りついた十三時半すぎごろ、昼食にありついた。

ガラス張りの窓から東京湾岸を一望できる明るく開放的なフロアは、さきほどまで大勢の社員でにぎわっていたが、今は水をうったように静まり返っている。

ここが貸し切りみたいに、のびのびとできる空間に戻るとほっとする。

「今日もおつかれさまです」

「いただきまーす」

メープル材でできたお洒落《しゃれ》な四人掛けテーブル席に、おなじ社食運営課の仲間である綾《あや》瀬真澄《せますみ》と浦島梢《うらしまこずえ》、そして管理栄養士の南雲《なぐも》みゆきとともに着席し、まかないを前にして手を合わせた。

藤丸《ふじまる》物産は東京・港区《みなと》に本社がある食品の専門商社である。

昭和初期の創業以来、業界内では売り上げ上位に名を連ね、メインの乳製品をはじめ、食肉、酒類、調味料など多岐《たき》にわたる商品を国内のメーカーや卸《おろし》、小売り店に販売している。

杏子はちょうど昨年の今ごろから、この会社の社員食堂〈キッチン藤丸〉で調理補助として働いている。所属は総務部の社食運営課で、現在はパート勤務のメンバーも含め、総勢十三名ほどで食堂を運営している。

「んー、サーモンフライおいしい」

揚《あ》げたてのかりっとした衣《ころも》に、ピクルスの酸味がほのかに効いた料理長特製のタルタルソースがからんで、ふっくらした秋鮭の旨味《うまみ》ととろけあう。これは本日、社員たちにも提供された料理だ。

まかないなので盛りつけは適当で、おなじお皿にふわふわの千切りキャベツと、秋茄子と舞茸の味噌炒めがこんもりと盛られ、別個で味噌汁と白ご飯、それにたくあんの漬物がついている。

料理の品数自体は社員に提供されている定食より少ないものの、お値段は半額以下なのでお得である。

「それにしても、まさか渚《なぎさ》の正体が高藤《たかとう》社長の息子だったとはびっくりだわ」

向かいの席の真澄が、白ご飯を食べながら言った。

真澄は藤丸物産の関連会社の社長の娘で、年は杏子よりふたつ若いが、三年前からこの社食で働いている先輩だ。華やかな顔立ちと明るい性格で、自他ともに認める社食の看板娘である。

「なんとなく育ちがよさそうな子だとは思ってたけど、やっぱりお坊ちゃまだったのねえ」

隣の席のみゆきも、甘辛《あまから》い味噌の味がしみ込んだ秋茄子をしみじみと味わいながら納得していた。

みゆきは既婚の三十二歳で、夫もこの藤丸物産に勤めている。優しくて仕事ができる彼女は、杏子の人生の良きお手本だ。

渚というのは〈キッチン藤丸〉の調理師の名だ。

支倉《はせくら》渚。歳《とし》は二十四歳の杏子よりひとつ若い。彼はこれまでずっと、忘れただの面倒だのと言い訳をして社員証をつけずに働いていたのだが、今朝、はじめてきちんと首に下げて出社してきた。

そこに刻まれていた名は高藤渚。

苗字《みようじ》が変わっていた。彼は高藤社長の息子だったのだ。

ただし正妻の子ではないため、これまでの父子関係は複雑だった。支倉というのは亡くなった母親の旧姓である。杏子はたまたま先月、ひと足先にその素性《すじよう》を知った。

すでに事実を知っていた料理長をのぞいて、今朝、はじめてその名を社員証で見た社食のスタッフのみんなは当然、戸惑い、彼が軽く事情をうちあけると、腰を抜かさんばかりに驚いた。

外聞を憚《はばか》りそうな事情ではあるが、渚は淀《よど》みなく身の上を語り、皆の反応をめずらしくはにかんだような、ぎこちない表情で受け止めた。社長の息子と認められるのを嫌がるふうには見えなかった。それが、父への抵抗が薄れたことのあらわれに思えて、杏子はなんだかほっとした気持ちになった。

真澄が根菜の味噌汁を啜《すす》ったあとに言った。

「高藤家って松濤《しようとう》にあるんだけど木々に囲まれたすんごいお屋敷よ。あたし子供のころ遊びに行ったことあるもん」

「そういや、真澄ちゃんのパパと高藤社長はお友達やもんね」

関西訛《なま》りでしゃべるこの梢も年はひとつ下だが、杏子より半年前に入社した先輩だ。見た目はのんびり癒《いや》し系で趣味はオタ活だが、根は現実主義で仕事も効率よくこなす。

「そう。高藤家が超富裕層の資産家だから、藤丸物産はまず倒産しないんだってパパが言ってた」

みずからも麻布《あざぶ》の高級住宅に住むご令嬢が言うのだから、相当なのだろう。

「そんなお金持ちの息子が藤《ふじ》の君《きみ》だとしたらちょっと考えちゃうな……」

杏子は、味噌汁の中に浮かぶ根菜を箸《はし》の先でかき混ぜながらぼやいた。

藤の君とは、杏子が捜している男性社員のあだ名だ。社内のエレベーターでその人と偶然にぶつかったときに、思いがけず心を奪われた。

もう一度会ってみたいと思うものの、なにせコンタクトがずれてまともに顔を見ておらず、手がかりは社員証の苗字の「藤」の一文字だけ。

以来、社食に来る男性社員の社員証に目を走らせて、その人がいないかたしかめているのだが、先月の社内イベントの夜、信じがたいことに渚が藤の君である可能性が浮上したのだ。

しかし本人にそれとなくたずねてみても、だれかとぶつかった記憶はないらしく、確証は得られていない。

渚の素性があきらかになったので、藤の君の存在を知る三人にもこの話をしたところ、

「渚はないわ。だれかとバーンとぶつかること自体がめずらしいでしょ、おまけにはじめて出向いた社内のエレベーターの前で、とっさの行為とはいえ頭まで撫《な》でたんだよ？　その相手と二ケ月後に職場で再会して、あの渚が気づかないいわけないじゃん」

と真澄に一蹴《いっしゅう》された。

「ウチも別人やと思うな。だって杏子さん、本物に会えば勘でわかる言うてたやん。でも渚君にはなんも感じなかったんやろ？」

たくあんの漬物をこりこりと噛《か》んでいた梢も言う。

「うん、さっぱり感じなかった」

今はある程度、彼のいいところもわかってきた気がするものの、初対面のころは生意気そうな男だなとしか思わなかった。

「つまり藤の君はほかに存在するということなのね」

みゆきが湯呑《ゆのみ》にお茶のおかわりを注ぎながら言った。

「まあ、渚君が藤の君でないことを証明するためにも、真の藤の君は必ず見つけ出したいです」

杏子が言うと、梢が眉《まゆ》をひそめた。

「なんとも妙な理屈やな」

「だって渚君が藤の君だったら困るし」

杏子が渋面《じゅうめん》をつくるので、

「あら、どうして?」

みゆきは不思議そうに問う。

「好きな人がおなじ職場だと、なんだか仕事がしにくそうじゃないですか」

見られたくない姿も見られてしまうし、公私の区別をつけづらくて周りに迷惑をかける羽目になりそうだ。

「ああ、それはあるかもね。とくに杏子ちゃんは渚君と組むこと多いし」

料理長に組まされるのだ。そのようにしてとご本人から直々に指名があったとかで。

「ついでに渚君が年下というのもひっかかってます」

三人姉妹の長女として育った杏子にとって、年下は甘えのきかない存在であり、こちらを頼ってくる厄介《やっかい》な生き物という認識なので、恋愛の相手には包容力のある年上の男性を希望している。

それを切々と訴えると、

「年下にも包容力のある男はいるわよ」

と、これまた経験豊富な百戦錬磨《ひゃくせんれんま》の真澄に一蹴された。

「そういえば渚君って、彼女いるのかしらね？」

ふと、みゆきが口にした。

白ご飯を食べていた杏子は、はたと箸を止めた。そういえば、今まで話題に上ったことはなかったけれど——。

「いるやろ、彼女くらい」

梢がみゆきから受け取ったお茶のおかわりを飲みながら適当に言った。

「うん、たしかさくらって子と同棲《どうせい》してるはず」

真澄がサーモンフライをさくっと噛みながら言った。

「えっ」

思わず驚きの声が出てしまった。

「だって前に〈食道楽《しょくどうらく》〉で飲んでるとき、家に帰りたくないから泊めてって頼んだら、さくらがいるから無理って断られたもん」

真澄と渚は帰宅方向がおなじなので、しばしば一緒に飲んで帰っている。

「……そうなんだ。真澄ちゃん、泊めてって頼んだの？」

いくらなんでも無防備すぎやしないか。実際、真澄と渚のあいだにある空気は男女のそれではなく兄妹に近いのだが。

「うん。パパとママが喧嘩《けんか》したせいで家の空気悪くてさ。そんなとこに帰りたくないじゃない？」

「なるほど。でも渚君は彼女のために断ったんだ」

「ていうか、同僚とはいえ、いきなり家泊めて言われたら、彼女おらんくてもふつう断るやろ」

「そう？　狭いから？」

「そうやなくて」

「真澄ちゃんも、ほかの男の子の家に外泊して彼氏に怒られないの？」

みゆきからも心配されるが、

「大丈夫大丈夫、あの人、あたしのこと信じてるから」

真澄はお茶をごくごく飲みながら笑い飛ばした。真澄自身も経験は豊富でも相手には一《いち》途《ず》なタイプだ。

「…………」

それよりさくらの存在に、杏子は思いのほか動揺《どうよう》していた。どちらかというとフリーだと思っていた相手にしっかり同棲までしている恋人がいるとは。

「どうしたんや、杏子さん？」

箸がとまった杏子を、梢がけげんそうにのぞいてくる。

「渚君て、ぱっと見おとなしそうで女にも興味なさげなのに、ちゃっかり彼女いるんだね」

なにも渚に期待していたわけではないが、性別を問わず、身近な同世代がだれかとくっついていると知れば、ただそれだけで胸がザワつく。出遅れたような焦りさえ生じてくる。

杏子は短く溜息した。

みんな、ちゃんと相手がいるというのに自分は――。

このまま独り身だと、東京行きを反対していた両親から渥美《あつみ》の実家に強制送還されてお見合いさせられ、家業の花卉《かき》農業を継がねばならなくなってしまう。それだけは御免だ。

すると目利《めき》きの真澄がびしりと言った。

「なに言ってるの、杏子さん。あれは羊の皮をかぶった狼でしょ。口説《くど》くとなったらガンガン攻めてくるロールキャベツ系男子」

「えっ、なにそれ？」

耳慣れぬ言葉に杏子とみゆきがぎょっとしていると、梢が教えてくれた。

「見かけは野菜で中身は肉なロールキャベツのごとく、外見は草食系でも中身はしっかり肉食系な男のことや。ふだんのドSな仕事ぶりからして、見かけ通りの男やないことくらいわかるやろ」

「うん……まあ」

行儀《ぎようぎ》のよい敬語に包んでうまいこと命じてくるので、ついすんなり従ってしまうが、仕事中は基本的に渚の流儀《りゆうぎ》が軸になっている――つまり彼の思いのままだ。あの手腕からすると恋愛も奥手で引っ込み思案なタイプとは思えない。

それでも年下の渚があの日、自分の心をわしづかみにした男であるとは考えにくいし、恋人までいるのなら、なおさら彼が藤の君であってはならない。

今後はますます真の藤の君探しに力が入りそうだ。

*

月曜日。

経理部一課の小西遥《こにしはるか》は、ひさびさに訪れた社食の窓際のカウンター席から、外の景色を眺めていた。

眼下には東京湾岸沿いのビルの建築群が広がっている。今日は少し曇っているから大気もけぶり、見晴らしはいまいちだ。

社食の利用者は多く、ピーク時は毎度、休日のショッピングセンターのフードコートのごとく混雑する。

とりわけこのカウンター席は人気が高く、とくにひとりで食べたい社員のあいだで席取り合戦になる。席は早々に埋まってしまうので、連れどうしが並んで座るのは困難なほどだ。

遥の場合は、時間励行《れいこう》の鈴井《すずい》課長が昼休みの開始時刻をきっちり守ってくれるおかげで、ほぼ毎日、この席を獲得することができる。

隣の席に、他部署の三十代前半とおぼしき男性社員が座ってきつねうどんを啜《すす》りだした。連れはいない。この社員も自分とおなじ、おひとりさまか、と目の端でちら見してから思う。

でも、左手に握られたスマホの画面には、哺乳瓶《ほにゅうびん》をおいしそうに咥《くわ》えたふくふくとした赤ちゃんの顔が見えた。

我が子だろうか。ほほえましい。子育てに忙しい奥さんにお弁当を用意させるのは気がひけるし、お財布にも優しいから、社食で安価のうどんを食べているのだろう。と、もちろんこれは遥の勝手な想像にすぎない。

遥は最近、子育てをはじめた先輩のことを思い出しながら、目玉焼きとロコモコのソースがからんだハンバーグの重ね目にスプーンを入れる。

そのままごはんと一緒に掬《すく》って食べると、プリッと弾力のある白身の食感と、肉汁が香ばしく溶け込んだソースのコクと、白米の旨味《うまみ》が混ざりあって格別のおいしさがこみあげた。

他所《よそ》のカフェやカジュアルレストランでロコモコを頼むと、たいていは日本人の好みに合わせてデミグラスソースがかけられている。

が、ここのは違う。初夏にハワイで食べた本場のロコモコを彷彿《ほうふつ》とさせる独特の味わいなのだ。

ただ、正直、今日のロコモコにはいくつかの不満があった。

まず、目玉焼き。カウンターでロコモコプレートを受け取った瞬間、ハンバーグからかなりずれたところに載せられていた目玉焼きの表面が決壊して、黄身がとろりと流れ出してしまった。

そこは食べる直前に、遥がみずからフォークを入れたかったのに。

はじめから崩れている目玉焼きは美しくない。これでは日潰し焼きじゃないのと残念に思いながら、ただ見守るしかなかった。

おまけにつけあわせのプチトマトや蓮根《れんこん》チップスがソースを浴びて、ライスは半分裸の状態だった。たぶん忙しくて大急ぎで盛りつけたから、ロコモコソースが勢いあまってサラダのほうにまでかかってしまったのだろう。はっきり言って雑で汚い。

こんなだったかな？

厨房《ちゆうぼう》に問いたくなるほどのそのありさまに、遥はひどく落胆《らくたん》した。

全部食べ終えた遥は、スプーンを置いて、薄ぼんやりした外の景色にふたたび視線を移す。

おいしいものでお腹が満たされたはずなのに、なぜか小さな溜息が出た。

どうもささくれた気持ちになってしまっていて、いけないいなと思う。

マイナスの感情にとらわれるのは、ひとりきりでご飯なんか食べているせいだろう。

ひとりだと仕事の愚痴《ぐち》も、料理への小さなケチも口にできなくて、うっぷんが澱《おり》のように胸の底に溜まってゆく。

でも、自分はこれからもずっとひとりだ。それが昨日の夜、わかった。

先のことを思うと、ますます憂鬱《ゆううつ》になってくる。

もう社食に来るのをやめようかな。

違う。社食どころか、会社に来るのもやめたい。それが本音だ。

経費精算、仮払金の処理、入出金のチェック、伝票の整理や作成。こなしてもこなしても、翌日になるとまたふりだしに戻って押し寄せる、あの山ほどある煩雑《はんざつ》な業務から逃れたい。

遥は、窓ガラスの向こうに広がる、変わり映えのない景色をとりつかれたように眺め続ける。

この景色に、いつかなにかが起きると期待しているのに。

毎日、晴天と雨天が雲の流れとともに入れ替わるだけの似たり寄ったりの眺めだ。

いつになったら変化があるというの？

冷めたほうじ茶を一口飲み、遥はふたたび隣の社員に聞こえないよう小さく溜息をついた。

*

「鍵《かぎ》……？」

杏子はふと、足元に目を凝《こ》らす。

ランチタイムが終わり、片付け作業もひと通り済んだあとのことだ。

すべてのテーブルを拭き終え、明朝の掃除《そうじ》にそなえて窓際のカウンター席から順番に椅子《いす》を上げていると、一番南端の席の足元に鍵を見つけた。落とし物のようだ。

杏子は身を屈めて、それを拾いあげた。

片面がギザギザの、人差し指くらいの長さの白銅製の鍵だった。キーホルダーの類《たぐい》はついていない。

「鍵が落ちてました」

厨房の奥の控室に戻った杏子は、会議用のテーブルで打ち合わせをしていた井口《いぐち》料理長とみゆきと渚に鍵を見せて告げた。

「あらあら、誰のかしら？」

みゆきが鍵を受け取りながらつぶやく。

「家の鍵にしては小さいですよね。自転車用？」

杏子が言うと、料理長は「それだと大きすぎるな」と首をひねった。

この人はもと都内の一流ホテルで働いていたシェフで、四年前、社食新装時に社長から引き抜かれる形で藤丸物産に入社した敏腕《びんわん》の料理人だ。

「社内で使われてる鍵かもしれないね。大きさからして更衣ロッカーとか、キャビネットとかの？」

「更衣ロッカーがあるのは私たちだけなんじゃないかしら」とみゆき。

藤丸物産は私服勤務の会社で、制服で業務にあたるのは社食のスタッフだけだ。

「社内の鍵ならふつうタグキーホルダーとかがついてるんじゃないですか。なにか書いてありません？」

渚がみゆきの手元をのぞき込む。

杏子はその横顔を見つめた。

渚は、背は高いほうだし顔も涼しげに整っていて、派手さはなくとも女性受けはいい。仕事中はまじめで料理人としての技術も優れている。

でも家ではこの羊の皮を脱いでさくらに迫っているのか、などといらぬことが頭をよぎった。

「E002と番号が彫られてるけど、これはメーカーの文字よね」

みゆきが鍵を見ながらつぶやく。

「どこに落ちてたの？」

と料理長が杏子を仰《あお》ぐ。

「カウンター席の一番端っこです」

答えながら、ふと杏子は、なんとなくあの席にはいつもおなじ女性社員が座っていたことを思い出した。

女性は小柄で、目鼻立ちも地味なほうではあるが、最低限のメイクをきちんとほどこして、セミロングの黒髪も艶《つや》やかな清潔感のある人だ。

特徴的なのは重めの前髪だ。いつも目元が隠れそうなほどにぎりぎりのところできれいに切り揃えられている。だから顔も覚えやすかった。

毎日、決まった景色の中で過ごしていると、物の位置や人の動きを無意識のうちに記憶してしまうものだ。とくに配膳《はいぜん》カウンターで待機しているときは、混雑しはじめるまでは食堂内を眺める余裕があるので、毎日おなじ席に座る社員がいればおのずと記憶に刻まれる。

「貼り紙でもして、落とし物のお知らせを出そうか?」

料理長が言った。

「それがいいですね」

もしかしたらあの女性社員が落としたのかもしれないと思いながらも、杏子は頷《うなず》く。

そこへ真澄と梢がやってきた。そろそろミーティングの時間だ。

ミーティングは片付けが完了したあと、明日の打ちあわせを兼ねてひらかれる。参加するのは基本的に正社員である六名のみ――料理長と渚、管理栄養士のみゆき、調理補助の真澄と梢と杏子で、そこにときどき田貫《たぬき》部長が顔を出す。

「はーい、意見箱にクレーム入ってましたっ」

真澄がことさらに陽気な声で言いながらテーブルに紙を置いた。

食堂意見箱は社員が食堂スタッフに意見を伝えるために設けられたもので、このフロアのエレベーターホールにあるニッチの隅っこに置いてある。毎日、業務終了後に杏子たちがその中身をチェックして、意見があれば社食のメニューや環境の改善に役立てている。

意見は、多いときは週に二、三件届く。料理へのクレームや献立《こんだて》のリクエストが大半だが、中にはあたたかい意見や新メニューへの感想もちらほらあって、日々の励《はげ》みにもなっている。

意見は匿名《とくめい》で受け付けているが、まれに本名を名乗る社員もいる。今日は無記名だった。

「本日はどんなクレームだい？」

料理長をはじめ、一同がその内容に注目する。

『ロコモコの盛りつけが汚かったです』

丁寧《ていねい》な字で書き連ねられた言葉に、杏子はどきりとした。

九月に入ってからロコモコプレートが提供されているが、盛りつけを担当しているのはパートの人たちと杏子だからだ。

「目玉焼きが崩れちゃってたのかな」

料理長がつぶやくと、

「ああ、スチコンの温度設定を間違えて玉子が半熟寄りの日があったんで、もしかしてそれかもしれません」と渚。

「うちが間違えた日やな。すいません。半熟苦手な人っていてますもんね」

スチコンを扱うことが多い梢が詫《わ》びた。

「ロコモコにはあのとろっとした半熟が合うんじゃないの？　あたしはいつも固めだなって不満に思って見てるけど」

真澄が言うが、

「黄身の固さの好みは人それぞれだよ」と渚が返す。

「『汚かったです』って、きれいにしてほしいとか、してくださいという願望やリクエスト調じゃないところが怖いな」

「怖いの？」

杏子が問うと、渚は頷いた。

「完結していて、もう二度と食べません的な固い意志を感じます」

たしかに切り捨てているようにも読めるが。

「なんとか改善してくださいって遠回しに言ってるんじゃないの？」

真澄が前向きに捉えるものの、料理長も短く嘆息《たんそく》した。

「改善といっても、もともと具どうしの境界線があいまいな料理だし、ソースの量も目分量だから、あとは盛りつけ役のバランス感覚に頼るしかないかな。ロコモコの盛りつけは杏子ちゃんだっけ？」

「はい」

盛りつけにはいつも神経を使っているつもりだが。

「最近は杏子さんよりパートさんが盛りつけるほうが多いんじゃない？」

真澄がなにげなく言うので、

「そうかもね」

と、つい杏子は頷いてしまった。

実際そのとおりなのだが、しかしこれだとパートの方々の盛りつけが汚くてクレームが来たと言っているようなものだ。杏子自身も忙しいときは仕上がりをまともに確認できていないから、自分が原因の可能性もおおいにある。

あわててそう告げ直そうとしたところへ。

「料理長、お先に失礼します」

突然、戸口のほうから声がして、杏子ははっとした。

この声は——。

ふりかえると、案《あん》の定《じょう》、パートの関谷《せきや》みどりが面《おもて》を上げたところだった。

みどりは四年前のビルの改装前からいる古参のスタッフで、六人いるパートの中では最も声の大きい代表的存在だ。料理長も、たいてい彼女を中心に指示を出してパートの人たちを動かしている。

年齢は三十代後半くらいだろうか。顎の下ぎりぎりの長さの髪を、いつもきつくひっつめた、きりりとした印象のある人だ。

パートは正社員である杏子たちよりも勤務時間が短く、ふだんは洗浄機を稼働《かどう》させるころに退勤してしまう。が、たまたま今日だけは料理長の指示で、残って仕込み作業の手伝いをしてもらっていたのだった。

「延長ごくろうさま」

料理長がいつも通りほがらかに返すと、つられてみゆきや梢たちも「お疲れさまでした」と挨拶《あいさつ》を返した。もちろん杏子もだ。

みどりはもう一度、みなに会釈《えしゃく》してから踵《きびす》を返した。

その一瞬、みどりと目が合ったが、まなざしが心なしか鋭かったように思えて、ふと不安になった。

さっきの会話、聞かれた――？

料理を出す時間帯は目が回るほどに忙しくて、一生懸命やっていても盛りつけが乱れてしまうことは多々ある。あとが滞《とどこお》るため、一から手直ししている余裕はなく、よほど酷《ひど》くなければそのまま提供している。仕方のないことだ。精一杯やっているのに手を抜いたかのように言われるのはおもしろくないだろう。

しかし気のせいかもしれないし、いまさら取り繕《つくろ》うわけにもいかない。

杏子の胸にはもやもやとしたものが残った。


月曜日に食堂で鍵を拾ってから、四営業日が過ぎた。

クレームの入ったロコモコについては、話しあいの末、きちんときれいに盛りつけることを意識しつつ、来週から秋バージョンとして少しだけリニューアルすることになった。

料理長特製のグレイビーソースには舞茸《まいたけ》、ぶなしめじ、マッシュルームの三種のきのこを加え、定番だったマカロニサラダの部分はかぼちゃとさつまいものローストに差し替える。

料理に変化があれば、きっと意見をくれた社員の目にもとまるだろう。そこで名誉挽回《めいよばんかい》をさせてもらう算段だ。

この日、まかないでその試作を食べることになったため、いい機会だから杏子は盛りつけの仕方をおさらいしてみることにした。

大きめの丸い木製のプレートを人数分の六枚ならべて、まずはつけあわせのサラダをのせた。

その横に梢があたたかいライスを平たく盛ってくれたので、温蔵庫で待機していたハンバーグをのせ、さらに渚が焼いてくれた目玉焼きをさりげなくずらして置いた。

「そのずらし具合がポイントやろな。やりすぎるとだらしなく見えるし、ぴっちり重なりすぎてても芸がないわ」

梢が皿に並んだハンバーグと目玉焼きを眺めながら言う。

「うん。いかにもおいしそうに見えるズレ具合ってのがあるよね」

杏子はいつも勘でその位置を決めているけれど、忙しいときは感覚が鈍って、やはり雑な仕上がりになっていたのかもしれない。

最後にこんがりローストされたかぼちゃとさつまいもを、メインの部分を引き立つバランスで盛りつける。

「どうかな?」

作業台の向こうで黙って作業を見守っていた渚に問うと、

「いいと思います」

言いながらも彼は、つけあわせのサラダの、ラディッシュやパプリカなどのトッピングをさりげなくいじって彩りを整えた。

たしかにやや偏《かたよ》りがあった。こういう小さなことで盛りつけの完成度は変わるのだろう。

「あとはソースね」

杏子は横口レードルを手にし、料理長が作ってくれた香ばしいグレイビーソースを慎重に回しかけていく。

このソースも注意が必要だ。多すぎればサラダのほうまで浸ってしまうし、少なすぎても物足りない味になってしまう。

渚がじっとこちらを見ている。もう自分の仕事はすべて終えてしまい、することもないので、まかないの出来栄えを見届けているといった態《てい》だ。

本来は彼の担当なのだし、改善点があればアドバイスしてくれるつもりなのだろうけれど、見られていると思うと今さらながらに緊張してくる。決して失敗が許されない状況でもないのだが、いつにもまして隙のなさそうな視線には息苦しささえおぼえる。

「………」

そこまでじっくり監視しないでよと、やや非難めいた心地でチラと彼を見やると、思いがけず目が合った。

杏子はあわてて視線を料理に戻した。

てっきり手元を見ているのだと思っていたのに——。

いくらか動揺しつつも引き続きソースを回しかけていると、おそらく出来上がった料理を運ぶために彼がこちらにまわってきた。

「杏子さん、なんで最近、俺から目そらすんですか？」

完成したロコモコプレートを手にしながら問われる。

「え？　べつにそらしてなんかないと思うけど」

鍋に残ったソースをかき集めながら、杏子はなんとなく目を泳がせる。

たしかに渚が藤の君の可能性があるとわかった日から、彼の顔を見づらくなった。なにかが少し変わったのだ、自分の中で。それがなんなのかはよくわからないけれど。

おまけに、渚を見ると、頭の中にさくらという女の姿が浮かぶようになった。

さくら。

美しい名だ。その名にふさわしい大和撫子《やまとなでしこ》なのだろうか。もちろん顔はわからない。スタイルも年齢も。ただその存在感だけが、渚の身体《からだ》の一部みたいにおぼろげに思い出される。

そういうすべてがわずらわしいから、無意識のうちに避けているのかもしれない。

「いまだって、ほら」

渚が横から軽く顔をのぞいてくる。

「だってソースかけながら見つめあってたら、かかる位置ずれるよ?」

もう終わったけれど。

「そーよ、そーよ、さっさと寸胴鍋《ずんどうなべ》洗ってよ、渚センパイっ」

隣のシンクで深い寸胴鍋を洗っていた真澄が声高に言った。

「それはおまえの仕事だろ、綾瀬」

と言いつつも渚は料理の皿を戻してシンクのほうに回り、真澄と交代して寸胴鍋を洗いだす。

よく見かける光景だ。もちろん杏子を助けてくれることもある。

渚は基本的にみんなに平等に優しい。井口料理長もそうだが、作業が滞らないよう常に全体に気を配って動いているのだ。そういう面は好きだと思う。皆で協力しあわないと回っていかない職場なので、あたりまえのことではあるのだけれど。

「今からまかないかね」

奥の会議室から出てきた田貫部長が、杏子たちのほうにやってきた。

社食運営課の課長を兼ねた、総務部の田貫部長が唸《うな》ってみせた。太っちょで小柄な部長は、みなからひそかにコダヌキ部長と呼ばれている。

さきほどまで料理長とみゆきとなにか話し込んでいたが、終わったようだ。

「お疲れさまです、部長」

「豪華だな。一丁前のランチではないか」

作業台に並んだロコモコプレートを眺めて部長が言う。

目玉焼きまでのったので、華やかなごちそうプレートになった。まかないは低コストで作られるものだが、今回のはあきらかに予算オーバーしていそうだ。

「今日はこないだクレームが入ったロコモコのリニューアル版で、特別に盛りつけの練習も兼ねて作ったんです。大目に見てください」

渚がみんなのお茶を支度《したく》しながら言い訳をした。

「それにしてもうまそうだな。僕の分はないのかな?」

「部長はお昼に大盛りの牛丼を召し上がってましたやん」と梢。

「井口君と話していたら小腹が空《す》いたのだ」

「消化早すぎ」

真澄もあきれて突っ込んだ。

杏子はふと、田貫部長が書類と一緒に抱えているキャビネットの鍵《かぎ》を見て思い出した。

「そういや、鍵の持ち主、出てこないね」

もう金曜日になったが、例の鍵の主は依然として現れていない。貼り紙は社員がトレーを置いて自動精算するところの壁面に貼ってあるので、嫌でも目に入るはずなのだが。

「困ってないのかな。五日間も失くしたままだなんて……」

杏子がつぶやくと渚が、

「案外、失くしたこと自体に気づいてないのかもしれません」

と部長にもお茶を一杯淹《い》れながら言う。

「それはありうる」と梢。

「駅のコインロッカーのとかだったら悲惨《ひさん》じゃない？　ものすごい延滞料金が発生してそう」

真澄が言うと渚が教えてくれた。

「駅のコインロッカーなら絶対ラベルがついてるし、三日過ぎたら中身が回収されてしまうから延滞料金はとられないはずだよ」

「そうなの？」

「わたしも知らなかった」

杏子も目を丸くした。駅で毎日見かけるが、数えるほどしか使用したことがない。

「どの鍵の話かね？」

渚から緑茶の香る湯呑《ゆのみ》を受け取った部長が、話に割り込んできた。

「落とし物の鍵ですよ。先週、食堂に落ちていたものですけど、持ち主が現れません」

渚が答えると、部長は頷《うなず》きながら言った。

「ああ、貼り紙告知してあったやつか。どんな鍵だったのかね？　僕、まだ見てなかったよね」

「お見せします」

杏子はホワイトボードの下に置いてある件の鍵を取りにいった。

もしも社内のどこかで使用されている鍵だとしたら、それらを管理している総務部の田貫部長が見ればわかるかもしれない。

「こちらです」

杏子が持ってきた鍵を手渡すと、田貫部長は掌《てのひら》にのせたままじっくりとそれを眺めまわしてから告げた。

「む。これは見覚えがあるな。たしか社内の鍵だよ」

「えっ」

「どこや?」

皆が色めきだつが、部長は毛のない頭を軽くたたきながら唸りだした。

「うーむ、どこだったかなあ、どっかで見たことある鍵なのだ。たしか社員が毎日うじゃうじゃいるような場所ではなくて、僻地《へまち》のあんまり目に触れんようなところの……、いや、違うな。それだと僕が覚えていられないからな。そうじゃなくて、もっと毎日見かける場所だったか……、しかし、んー、いかん、どこだったか思い出せん。たしかに見た記憶があるのだが」

「部長~……」

あと少しなのに思い出せずじまい、というもどかしい状況である。

「お茶でも飲んで、落ち着いて思い出してください」

梢が促すので、

「うむ……」

部長は神妙に頷きながらお茶を啜《すす》る。

「これまた美味なお茶だな」

湯呑をのぞきこんでつぶやく。

「今日は真澄ちゃんが差し入れた玉露《ぎょくろ》や」

食堂にはセルフサービスの給湯器があって、いつでも緑茶や麦茶を飲めるようになっているが、杏子たちは、昼食時にはささやかな贅沢《ぜいたく》として自前のお茶を淹れて飲んでいる。

お茶の葉はたいてい静岡の茶園が実家のみゆきが用意してくれるが、たまに真澄が「余ってるから飲んで」と家からご贈答品の余り物を持ってくることもある。

「おっ、思い出した」

お茶を飲み干した部長が、突然ひらめきの声をあげた。

「経理部の隅のロッカーだよ。鈴井課長のうしろの！」

高価な玉露に海馬を刺激されたらしい。


その日、終業時刻を過ぎたあと、杏子は田貫部長のもとに寄り、部長がほかの社員との話し合いを終えるのを十五分ほど待ってから、ふたりで経理部に向かった。

経理部は、管理部門の所属部署が集まる十九階の東側のエリアにある。

フロアに行くと経理部のデスクの島はふたつあって、田貫部長は窓際のほうの島に向かった。

中間決算を迎えて忙しい時期らしいが、残業している社員はまばらだ。といっても机の上がきれいに片付いた席はほとんどない。定時を迎え、いったん休憩《きゅうけい》を挟もうと、ちょうどみんなが席を立った時間帯なのだろう。

「鈴井君、ご苦労さん」

田貫部長が課長席の男性社員に親しげに声をかけた。

「お疲れ様です。どうされました？」

パソコンのモニターを見ていた鈴井課長は顔を上げた。四十代くらいの色白の細面《ほそおもて》で、銀縁眼鏡《ぎんぶちめがね》をかけていた。勝手な先入観だが、銀行員っぽくて数字には細かそうな印象を受けた。

「聞きたいことがあるのだ。こちら、経理部一課の鈴井課長」

田貫部長が杏子に紹介してきた。

「どうも。……あっ、社食の子？」

社食の常連らしく、杏子の顔を見ると軽く目をみひらいた。

「はい。はじめまして、社食運営課の皆川です」

こちらも毎日、見ている顔かもしれないが、四十代以上の男性社員となるとみんな似たり寄ったりに見えてしまってなかなか記憶できない。

「彼女が、私になんの用でしょう?」

鈴井課長はけげんそうに部長にたずねる。

「君んとこのロッカーに用があってね、ちょいと失礼」

田貫部長は言いながら、おもむろに課長のうしろに向かいだした。

課長席の背後にはたしかにスチール製のロッカーが三台並んでいた。高さは1メートル程度と低く、ロッカーというより文書保管用のキャビネットだ。片開きタイプで幅は各450ミリくらいだろうか。

「このロッカーにはなにが入ってるんだい?」

田貫部長がたずねる。

「ああ、ここはとくにお見せするようなものはなにもないいんじゃないかな……」

鈴井課長が苦笑しながら席を立ってこちらにやってきた。

「なにかヤバいもんでも入ってるのかね?」

「いえ、そういうわけでもないですが。ここがどうしましたか?」

課長がこちらを見て問うので、杏子は答えた。

「一週間ほど前に、食堂に鍵が落ちてたんですけど、持ち主が全然出てこなくて」

「ああ、食堂に貼り紙がありましたね。鍵の落とし物の……」

皆、見てくれているようだ。

「鍵はこれなんですけど、部長曰《いわ》く、そちらのロッカーのなんじゃないかって」

杏子は課長に鍵を見せた。

「なぜか知らんが、記憶にあるのだよ。違ったかい？」

「ああ、たしかにこんな鍵だったような気がしますね」

鈴井課長は鍵を見てつぶやくが、曖昧《あいまい》だ。

「調べてみましょうか？」

「うむ。ここはふだん、鍵をかけてるのかね？」

「いえ、今はかけてないと思います。……このロッカーは、ビル改装前までは人事部が使用してたものでして、改装時に廃棄《はいき》にすることになってたんですが、うちの部長が目をつけましてね、もったいないからと一部を譲《ゆず》り受けることになったんです」

「たしかに、わりとあたらしいですもんね」

キズも凹《へこ》みも汚れもない。

「なるほど、そのやりとりをしているときに鍵を見たから僕の記憶にも残っていたのだな」

隣で田貫部長が合点《がてん》した。

鈴井課長は続けた。

「ウチの部長はここで機密文書を一時的に保管するつもりだったようですが、最近は文書も電子データ化することが増えて紙媒体《かみばいたい》のものがぐっと減りつつあるので……」

「ペーパレス化か。でも証憑《しょうひょう》書類や会計帳簿《ちょうぼ》の類《たぐい》は原則、紙で保存だったよね？」

「ええ、それも変わりつつあります。ウチも領収書やら見積書やらについては、スキャナ保存でオッケーになったので。必然的にそれを保管する場所も不要になってきてまして」

「ああ、そうだよね。報告書とか会議資料なんかも、昔は紙だからかさむ一方だったけど、いまははじめからタブレット一丁《いっちょう》でスリムになったよねえ、ちょいちょいっと検索するだけで古い資料が出てくるし、出先からでもアクセスできちゃったりして便利だし」

田貫部長が笑う。

「ええ、業務効率はアナログ時代と比べてかなり向上してると思いますね。……で、そのロッカーはいまだに使うアテもないので、社員がたまに個人的な手荷物置き場として使っているだけなんですよ」

「そうかい。中を開けてみてもいいかね?」

「ええ、どうぞどうぞご覧ください」

そう言って課長みずから、一番右端のロッカーをあけてくれた。

中には栄養ドリンクが一ダースと、紳士用の折り畳《たた》み傘が一本入っていた。

「………………」

たしかに私物化されているようだ。

「たぶんこの横も」

課長は続けてその隣のロッカーもあけてみる。

ここには分厚いリングファイルが二冊横たわっていたが、その上に紅茶の葉と未開封のキャンディの袋が二種類置いてあった。蜂蜜《はちみつ》レモン味ののど飴《あめ》と、コンビニでよく見かける牛のマークが入ったミルク味のキャンディだ。おそらく女子社員の休憩時間のお供だろう。

「うむ、更衣ロッカーのごときありさまだな」

田貫部長が腕組みして頷《うなず》いた。

「そういえば、ふつうの社員さんは更衣ロッカーないんですよね、私物の管理ってどうしてるんですか? 通勤鞄《つうきんかばん》とか……」

杏子は気になって訊いてみた。自分たちは更衣室もロッカーもあるが。

「たいていみんな、自分の机の一番下の大きい引き出しにスペースを作って入れてますよ。あと、ここみたいに空《あ》いてる棚《たな》の上に置く人もいます」

「危なくないですか？」

「ええ、盗難は僕の知る限り起きたことないですね」

「そうなんですね。あ、見てください、部長」

杏子は戸の内側に貼りつけられた百均で売っていそうな小さなフックに、タグキーホルダー付きの鍵《かぎ》が引っかけてあるのを見つけた。

杏子は食堂で拾った鍵と形を見比べてみた。ほぼ同じだ。

「同種の鍵だ。やはりこのロッカーの鍵かね」

見ると、鍵ははじめに開けた戸の内側にも掛かっていた。となると、

「拾ったのはこの右端の扉の鍵ってことになりますね」

「こちらですね？」

鈴井課長がその扉に手をかけた。が、開かなかった。

「あれ、ここだけ鍵かかってます」

課長が腰を屈めて何度もガタガタやるものの、開く気配はない。

一体いつ、だれが使っているのだろう。三人は見当がつかず、黙り込む。

「おい、畑中《はたなか》君、この一番右端のロッカーを使ってるのってだれか知らないかい？」

鈴井課長が近くの席で残業をしている太っちょの男性社員に問いかけてみるが、

「えっ……と、さあ……、ちょっとわかりません。左端は女性陣がよく開け閉めしてるみたいですが……」

畑中と呼ばれた社員は、ふりかえって首をひねる。

「まあ、いちいちロッカーの開閉まで気にしてないからねえ」

田貫部長がぼやく。

たしかにこの周辺にはほかにもいろんな棚があって人も流動的だ。どこでだれが、どんな作業を行っているかなど、漠然《ばくぜん》としか把握《はあく》していないだろう。

すると、畑中の向かいの若い女性社員がこちらに向かって言った。

「そこは、以前は杉尾《すぎお》さんが使ってましたよ」

「杉尾さん？　ああ、彼女が……、あ、そういえばそんな気もするな」

鈴井課長は思い出したように言った。

「杉尾さん、今日はまだみえますか？」

杏子は人がまばらの経理部を見渡しながら問うが、

「杉尾さんは先月末から産休に入ってます。言われてみれば、ここでなにか物を出し入れしているのをよく見かけた気がしますね」

「産休中か……。休みに入る前に、きっちり鍵をかけていったのかねえ」

「でも、出社していないはずの人の鍵が、社食に落ちているのもヘンです」と、杏子。

「そうですね。ちなみに杉尾さんは、産休に入ってからは一度も社には来てないですね」

鈴井課長は言う。

「では、今はその杉尾さん以外のだれかが使用しているということ……？」

杏子のつぶやきに、課長は「おそらくは」と頷いた。

しかしこの場で特定するのは難しそうだ。

「鍵はここので合ってるんですよね。どうしますか？」

杏子は鍵をもてあましてつぶやいた。

「もちろん開けるよね、鈴井君。中身から手がかりつかめそうだし」

田貫部長はうずうずしているようだ。

「ええ、ぜひ開けてみましょう」

同意する鈴井課長の表情はしかし微妙で、鍵がかかっていたことを多少、不審に思っているようだ。

「本人に断りもなく開けていいものでしょうか？」

杏子は不安を覚えてためらう。鍵をかけるということは、なにか見られたくないものが入っているということ。勝手に開けられたら、持ち主は困るのではないか。

「大丈夫でしょう。そもそもこれは経理部の所有物ですから」

鈴井課長は冷静に言った。たしかにその通りであるが――。

「皆川君。頼むよ」

「……はい」

部長に促され、気がすすまないまま杏子が屈んで鍵を差し込もうとすると、

「おお、なにやら緊張するな。よからぬものが入ってそうで」

部長が首をすくめて言った。

「なにが入ってるっていうんです？」

杏子は苦笑する。

「呪いの藁人形《わらにんぎょう》とか」

「えっ、いじめですか？」

「卑猥《ひわい》な本とか」

「そんなのわざわざ会社で読むわけないじゃないですか。しかも紙媒体で」

「案外、空《から》っぽというオチもありそうです」

鈴井課長がきまじめに言う。

「ほんとに無断であけちゃっていいんですかね？」

杏子がなおもためらっていると、そこへ。

「すみません」

ふと、背後から若い女性の声がした。

ふり返ると、そこには見覚えのある顔があった。前髪の長い、小柄でおとなしそうな人だ。例の、窓際のカウンター席にひとりで座るあの女性社員だった。

鍵を拾った日以降、ずっと姿を見かけなかったが、ちゃんと出勤しているようだ。胸元の社員証を見ると、『経理部経理一課　小西遥』とあった。

遥は、右端のロッカーを見て言った。

「そこ、私が使わせてもらってました。でも数日前に鍵を失くしたことに気づいて、それからずっと探していたんですけど……」

杏子は立ち上がって、遥に鍵を見せた。

「この鍵ですよね。月曜日に私が食堂で拾いました。窓際の席に落ちていたので」

「そうだったんですね」

食堂には思い至らなかったという顔で彼女は頷いた。

「食堂に貼り紙で告知してあったが、知らなかったかね？」

田貫部長が問うと、遥の表情はやや曇った。

「今週は、月曜以外は社食には行かなかったので……」

「そうだったんですね。あ、じゃあ、この鍵はお返しします。——で、いいですよね、部長？」

無断で開けなくてよかったと内心ほっとしながら、杏子は田貫部長をあおぐ。

「うん、まあ」

中身を見損《みそこ》ねて、部長は名残惜《なごり》しそうだ。

鈴井課長も物言いたげな顔をしているが、ほかの社員も好きに使っているからなにも言えないのだろう。

「私物化していてすみません。明日には空にして、必ず鍵も返却しますので」

小西遥が、申し訳なさそうに詫《わ》びた。

中身は見られたくないようだ。もっとひと気のない時間帯にでも開けて取り出すつもりなのだろう。

鈴井課長が「わかったよ」と頷くと、

「お先に失礼します」

彼女は頭を下げて去っていった。

いったいなにが入っているのか。杏子も興味は惹《ひ》かれたが、それ以上は関わる権利もないので黙っていた。


翌週の月曜日の昼下がり。

社員が引き上げてしまった閑散《かんさん》とした食堂フロアのホールで、杏子はテーブルの拭き掃《そう》除《じ》をしていた。

食堂を使うのは全員大人であり、料理はトレーの上に載せて提供されているため、テーブルそのものが汚れていることはあまりない。

四人掛けのテーブルを順番に拭き終え、窓際のカウンター席にさしかかるころ、

「すみません」

聞きなれない声がして、杏子ははたと手を止めた。

「はい。あ……」

見ると、小西遥がそばまで来ていた。

声を掛けられるまで気づかなかった。人の気配は感じていたが、てっきり真澄か梢だと思いこんでいたのだ。

遥は今日、久々に社食で昼食をとっていた。真澄が担当している、リニューアルしたてのロコモコプレートの列に並んで料理を受け取るのを見かけた。その後、これまでどおりにこのカウンター席に座ってひとりで食べている姿も見た。

「おつかれさまです、突然すみません。私、先週末にお会いした経理部一課の小西と申します」

「はい、おつかれさまです……」

社員が声をかけてくるのはめずらしいので、やや面食らってしまった。

「鍵を見つけてくれたお礼を言いに来ました。その節はありがとうございました」

遥は丁寧《ていねい》に頭を下げた。

金曜日も思ったが、物腰が柔らかで、長い前髪のせいかどこか奥ゆかしく見える人だ。

「わざわざありがとうございます」

つられて杏子が恐縮して返すと、
テーブル拭きを中断してほほえむと、彼女は告げた。

「あのロッカー、今朝、開けてみたら贈り物の万年筆がありました」

「贈り物の……？　どういうことですか？」

　杏子は小首をひねる。

「あの鍵、産休している先輩から預かっていた大切なものだったんです」

　遥は少しほほえんで答えた。

「産休している先輩？」

　昨日、その社員の名を聞いた。たしか杉尾とか――。

「ええ。おなじ経理部の杉尾捺乃《なつの》さんという先輩から『私が復帰するまで、これをお守り代わりに持って頑張って』と渡されていました」

「お守り、ですか？」

「はい」

　遥は長めの前髪をそっとよけ、おっとりした口調で続ける。

「捺乃先輩には本当にお世話になりました。気のいい姉御肌《あねごはだ》の人で、仕事でミスしても励《はげ》ましてくれたり、残務処理を手伝ってくれたり、ランチも毎日一緒に食べて、とても親しくしていたんです」

　遥は入社してはじめの一年は営業管理課にいた。伝票を打ち込んだり、発注書を切ったりと、営業のサポートをしてあわただしく時間が流れていった。

ランチもひとりではなかった。仲良くしていた三人の同期と、毎日、四人掛けのテーブル席であぁだこうだと上司の悪口や社内の噂話《うわさばなし》などに花を咲かせたものだ。

けれど一年が過ぎるころに「職場になじめない」と言ってひとりが辞め、二年目の夏に「ほかにやりたいことがみつかったから」と、もうひとりが辞めてしまった。

そして三年目の秋には最後のひとりも寿退社《ことぶきたいしゃ》した。

みんなが同時に卒業する学校と違って、会社はひとり、またひとりと時間差で去ってゆく。正直、結婚までの腰掛のつもりで入社し、大した愛社精神も持っていなかった遥は、そのたびに置いてきぼりにされるような焦りと空《むな》しさを味わった。

一緒にお昼を食べる連れがいなくて困っていた今年の春、折よく経理部に異動になった。捺乃先輩に出会ったのはそのときのことだ。

捺乃先輩は入社して十年間、ずっと経理部で働いてきた中堅だった。ちょうど仲良しの同期がひとりもいなくなったというので意気投合《いきとうごう》して、ふたりでお昼ご飯を食べるようになったのだ。

けれど既婚だった彼女のお腹には赤ちゃんがいて、八月いっぱいで産休に入ることが決まっていた。

「捺乃先輩が産休に入るまでの半年間はほんとうに楽しかった。一緒に社食や外のレストランでランチしたり、買い物に出掛けたり、先輩というより、女友達とかお姉ちゃんみたいな感じでした。先輩が安定期に入ってすぐに、海外旅行まで行ったんですよ。……私、ほんとうに気の合う友達はなかなかできないタイプだから、あの短い期間に、奥さんで、年も六つも上の人とあんなにも仲良しになれたなんて、今でも不思議なくらいなんです。友達になるための必要条件なんて、お互いを必要とする気持ち意外、実はなにもないんだなって……」

遥はなつかしそうに目を細める。

たしかに、気の合う、合わないに年齢や経歴はさほど関係ないように思える。杏子も、社会人になってはじめて知ったことだ。

「でも――」

先輩が産休に入ってしまい、ふたたびひとりになったと遥は言う。

「仕事の愚痴《ぐち》も言えないし、おいしさも分かち合えなくて、毎日ひとりでランチ食べるのって意外ときつくて……」

遥の表情が淋しげに曇ったので、

「でも、けっこう多いですよ、ひとりの社員さん」

杏子は励ますつもりで言う。テーブル席でひとり者同士が相席しているのをよく見るし、カウンター席などは基本、みなひとりだ。毎日、その様子を見ている杏子にしてみたら、あたりまえのありふれた景色だ。

「そうなんです。まわりを見ると、ふつうにいるんです、ひとりの社員。みんながおなじ時間に食べられるわけじゃないし、みずから好んでひとりで気楽に食べている方もいるんだと思います。でもわたしはどうも苦手で……」

実際、昼休みの喧噪《けんそう》の中で遥のことを気にする者など、だれひとりとしていないだろう。みんな自分のお腹を満たすのと、たわいない雑談に花を咲かせるのに夢中なのだから。かつての自分がそうだったように。

それでも遥自身が孤独を意識してしまうのだからどうしようもない。

私がひとりなのはいまだけ。そのうち先輩が復職してくるから大丈夫。

そう言い聞かせて、どうも居心地の悪いランチタイムをやり過ごしてきたという。

「――でも、このまえ先輩から連絡があって、もう復職はしないことにしたって」

「どうしてですか？」

「赤ちゃんは無事に生まれたんですけど、ちょっと病気を抱えているみたいで。手術もあるし、手も掛かるから働きながらだと難しいそうで。……それで、預かってもらっているロッカーの鍵《かぎ》は社に返しておいてと言われました」

「それが、あの鍵……？」

「そうです。いつも鞄《かばん》に入れて持ち歩いていたんですけど、まさか社食に落としたとは思いませんでした。鞄の中身を整理するときにでも、うっかり落としてしまったんですね」

遥は苦笑した。

「ロッカーの中の万年筆は先輩が？」

杏子は不思議に思って問う。

「はい。休職前に、私のために用意してくれたんだそうです。以前、私が欲しがってたから。……万年筆って、なんだか奥が深くて趣《おもむき》のある文房具でしょう？　万年筆のほうが持ち主を選びそうな、ちょっと手が出しづらい感じもして」

「ああ、なんかわかります。いいものはけっこうお値段も張りますしね」

小さいころ、祖父が日記をつけるときに使っていたのを杏子も見かけたことがある。

「そう。それでどれを買ったらいいのかがなかなかわからなくて、先輩に相談して一緒に見に行ったことがあるんです。迷って結局買えなかったんですけど、きっと先輩はそれを覚えてくれたんだと思います」

繁忙期《はんぼうき》を乗り切ったときのご褒美《ほうび》か、あるいは、いつか遥が職場で落ち込んでしまったときにそなえて。

休職中はそばで声をかけて元気づけることはできないから、せめてそれが励みになってくれたらいいと、こっそり買ってロッカーに忍ばせておいてくれていたのだという。

だから先輩はわざわざ鍵を預け、お守りがわりにして頑張ってと言ったのだ。

「わたし、本気で会社辞めようと思ってました」

窓ガラスの向こうの景色に目をうつして、遥が言った。

理由をたずねるべきか、杏子が迷う間もなく彼女は続けた。

「ランチの連れはいないし、決算で仕事だけはバカみたいに忙しくて、思い込みかもしれないのだけど、私だけ仕事の量が妙に多い気がして……なんだかなにもかも嫌になっちゃって……」

実際、捺乃先輩が抜けたことで、ひとりあたりの仕事量は増している。

その割りふりがまた不公平で、声の大きい世渡り上手《じょうず》は、課長にうまいこと取り入って負担の少ない仕事を貰《もら》い受けたが、おとなしい遥は嫌ともいえずに煩雑《はんざつ》な処理の多い仕事ばかりを引き受ける羽目になった。

結局、もうじき女子社員がひとり異動してくることにはなっているけれど。

遥はさらに、申し訳なさそうに肩をすくめて続けた。

「ロコモコの盛りつけについてクレーム入れたのも、実は私なんです」

「え？」

杏子は目を丸くした。

「ロコモコは定期的にメニューに選ばれますよね」

遥は問う。

「はい。隔月のサイクルで提供することになってます」

「よく先輩とも一緒に食べてました。先輩と行った海外旅行先というのがハワイで、現地でロコモコを食べたんです。『麗《うるわ》しのロコモコ』という料理名で、どんなのかなってふたりで気になって、一緒に注文して……」

「どんなロコモコだったんですか？」

「麗しの名の通り、盛りつけがきれいでした。あっちのロコモコって、ごはんにハンバーグと目玉焼きがのっていて、そのうえにソースがかけてあるだけのシンプルなのが多いんですけど、そのお店のはサラダとかもついていて華やかで、もちろん味も美味《おい》しかった。日本のカフェで出されてるロコモコは、ハワイで食べたのとは味が微妙に違うんです。ソースのせいかな？」

「あ、料理長が言ってました。巷《ちまた》のロコモコはデミグラスソースの場合が多いって。うちは、本場のグレイビーソースに寄せた料理長特製のオリジナルソースになってます」

「ああ、そうですよね。社食のは、見た目はデミっぽいけれど、本場の味をほどよく再現できていると思います。だからここでロコモコを食べるたびに懐かしくて……。でもこのまえはちょっと盛りつけが雑で、先輩だけじゃなくて、この料理までが過去の思い出になってしまうのかと思うと悲しくなって——」

ついクレームを入れてしまったという。

「でもね、あれはちょうど先輩から復職できないと連絡を貰った次の日のことで、気持ちが落ち込んでいたのもあったと思います。憂さ晴《う　ば》らしにあんなクレームわざわざ入れたりして、ちょっと後悔《こうかい》しました。それきり、風邪《かぜ》ぎみになって二日ほど会社をお休みしたら、なぜか社食から足が遠のいてしまって……」

今月以降しばらくは決算処理で忙しくなるので、会社も本気で辞めたくなってしまって悩んでいたという。

「でも社食のアプリでロコモコが秋風味にリニューアル予定という情報を見たら、やっぱり食べたくなって、金曜日には鍵も無事に見つかって、もうちょっとがんばろうと思えるようになったんですよ」

語りを終えた遥の表情は、また明るくなっていた。

そのまま彼女が窓の向こうをおだやかに眺めるので、

「小西さん、いつもこの席でご飯を食べていらっしゃいますよね。私、鍵を拾ったとき、もしかしたら小西さんのじゃないかって思ったんです」

杏子が告げると、遥は少しはにかんでこちらを見た。

「ええ。ここで食べるのには実は理由があって……」

「どうしてなんですか？」

興味をおぼえて問うと、遥はふたたび沖を見つめ、それまでのおっとりした口調で続けた。

「ここは、十九階の経理部の捺乃先輩が使っていたデスクの位置と近くて、見える景色はほぼおなじなんです」

「そういえば、経理部の島もこの辺にありますよね」

「ええ。それで先輩が教えてくれたんです。自分の席からは、世にも美しい景色が見られるのだと」

「世にも美しい眺め？」

杏子もつられて窓の向こうに目を移す。

今日は天気もよく、彼方《かなた》には鱗雲《うろこぐも》いっぱいの秋の空が広がっていた。

「そう。先輩も会社を辞めようと悩んでた時期があるそうです。上司が変わってすごく仕事がきつくなったみたいで。そのあとビルの改装もあって、せっかく綺麗《きれい》なオフィスになっても通うのが嫌で、毎晩、家で泣いてたほどだったって。でもあるとき、自分の席から見た景色があまりにも綺麗で、どんなにつらくてもいつかは終わる、いずれ乗り越えられるんだって希望を抱いたんですって」

遥は遠くを見つめたまま、自分に言い聞かせるように続ける。

「その景色は、年に一度か二度くらいしかチャンスはないけれど、頑張ってここで仕事を続けていればいつか必ず見ることができるそうです。だからあなたも、もしも辞めたいくらいにつらい日が来ても、もう少しだけ堪えてみてって。ほんとうに心が洗われるような、息をするのも忘れるほどに綺麗で希望に満ちた眺めだからと――」

実際に先輩も、その日を境につきものがとれたかのように楽になれて、物事が滞《とどこお》りなく流れるようになったのだという。

「息をするのも忘れるほどの、希望に満ちた……」

「どう？　息をするのを忘れるほどの美しさって想像できますか？」

遥自身もまだ半信半疑だといった顔で笑う。

「先輩もちょっと大袈裟《おおげさ》かもって笑ってたけど、たしかに救われていて……なにを根拠に年に一度か二度くらいのチャンスと言ったのかもわからないし、もしかしてありふれた雨上がりの空とかかもしれないけれど、私もその景色が見てみたくて。だからここに座ってるんです」

先輩が見た景色がどんなだったのか、いつかこの目で見届けたくて――。

そこで、

「杏子さーん、ミーティングはじまるよ」

厨房《ちゆうぼう》から真澄の声がした。

杏子はそこでふと腕時計を見て、けっこうな時間が経っていることに気づいた。すっかり話に聞き入ってしまったが、まだ拭き掃除《そうじ》も椅子《いす》上《あ》げも残っている。

遥も話をきりあげた。

「すみません、お仕事の邪魔して。話、聞いてくれてありがとう。すっきりしました。私もそろそろ戻りますね」

「こちらこそ、わざわざありがとうございました」

杏子も軽く頭を下げた。

遥はいったん踵《きびす》を返したあと、ふりかえった。

「秋のロコモコ、ごちそうさまでした。きれいに作ってくれてありがとう。意見箱の声もちゃんと届くんだなって、ちょっとうれしかったです。会社続けようって決めた理由に、この社食の存在もあったと思います。だから、そのお礼も言いたくて」

顔をほころばせて彼女は告げた。まなざしはとても晴れやかで、立ちなおりはじめた彼女の心をあらわしているかのようだった。

「ありがとうございます。これからもがんばって、おいしいご飯を作りますね」

杏子もほほえんで返した。

ロコモコプレート、リニューアルしてよかった。

自分たちの作った料理がだれかの励《はげ》みになっていると思うと、胸があたたかな気持ちになってやる気が満ちてくる。

遥は、捺乃先輩からの贈り物を見て、また少し寂しくなったりもするのかもしれない。でもきっと、先輩が教えてくれた景色を見るためにがんばるのだろう。

いつか、私も見てみたいな。その景色がどんなものなのか。

職場に戻る彼女のうしろ姿を見送りながら、杏子は漠然《ばくぜん》とそんなことを思った。

第二話 隣のサラダは青い

今日のランチは鶏天のきのこあんかけ定食だった。副菜に里芋《さといも》といかの煮物と、ほうれん草の白《しら》和《あ》えがついている。

「今日は味噌汁じゃないんだな」

及川《おいかわ》庸介《ようすけ》は汁椀《しるわん》に手を伸ばしながら言った。いつも汁物は味噌汁なのだが、今日は海老《えび》しんじょうともずくの入った上品そうな吸い物だった。

「ご飯が炊《た》き込《こ》みだから、それに合わせてあるんだろ。俺はいつもの味噌汁が恋しいな」

向かいの席で染井《そめい》翔矢《しょうや》が言った。たしかにご飯も白米ではなく炊き込みご飯だ。

「おまえ、大阪行ったら味噌汁は白になるんじゃないか。いいの?」

庸介が問うと、

「それ、俺もそう思ってたんだけど、白味噌が出るのは京都の一部だけで、たいてい合わせらしいよ。俺は白も好きだけどね」

「そうなのか」

染井とは入社当時からおなじ食肉事業部の営業一課に所属していて、この四年間、ずっと一緒に営業の仕事をしてきた。

ところが、来月から染井は大阪支社に異動になった。

精鋭の揃う大阪支社の営業部は売り上げがよく、実は出世を約束された者が異動する花《はな》形《がた》部署だとひそかに言われている。前々から、いずれ自分か染井のどちらかが、そこに引き抜かれるんじゃないかという噂《うわさ》はあった。

つまり、使えないほうが本社に残るということだ。

染井が炊き込みご飯を食べながら言った。

「そういやこないだカケイフーズの市倉《いちくら》さんがさ、カップ麺のうどんで炊き込みご飯作ると超うまいからやってみろって教えてくれたわ。米と一緒に炊飯器《すいはんき》にぶっこむだけだって」

「麺と白米が同居してるってことか？　絵的にまずそうだな」

「麺はあらかじめ砕くんだと。出汁《だし》が効いて料亭顔負けのうまさらしい」

「へえ、今度やってみるかな」

「おう、ほんとにうまかったら教えてよ、及川。俺もやるから」

「俺が実験台かよ」

同期どうしの自分たちは、まわりからは切磋琢磨《せっさたくま》する良い関係とみられていた。

実際、その通りだったが、それだけでもなかった。庸介にとって、決して越えられない染井の存在は、生まれたときからずっとライバルだった幼馴染《おさななじみ》とおなじ、目の上のたんこぶだった。

実家の隣に住む幼馴染は祐《ゆう》ちゃんといった。

親ってものはどうしてもよその子と自分の子を比べたがる。子供に悪影響を及ぼしかねないとわかっていても、我が子の出来知りたさに、比較対象があればつい比べてしまうものらしい。

だから庸介は、物心ついたころから、公園に併設されていた公民館の壁に背中をくっつけて祐ちゃんとふたりで並ばされ、背比べをさせられた。

祐ちゃんはいわゆる秀才だった。学校にあがれば毎年のように学級委員や応援団を務め、運動会ではリレー選手に選ばれるし、マラソンも速いし、書き初《ぞ》め《か》でも絵のコンクールでもたいてい三番以内の賞を取った。たったひとつ、音痴《おんち》という弱点をのぞけば完璧《かんぺき》な子供だった。

いつもその隣にいた自分は、たぶん祐ちゃんの引き立て役だった。だれもそんな卑屈《ひくつ》なレッテルを貼っていなかったかもしれないが、庸介自身が子供心にそう感じてしまう程度には、まわりは自分たちを比較していたように思う。

親たちのひそかな比較レースは大学まで続いた。

庸介は地頭がいいわけでもなかったからストレスで蕁麻疹《じんましん》が出るほどに頑張って勉強したものの、結局、高校も大学も祐ちゃんの偏差値《へんさち》を超えることはできなかった。おかげさまで地方の国公立大に進学できたから親孝行はできたと思っているのだが。

地元の企業に就職する道もあったが、従兄《いとこ》の誘いで上京し、藤丸《ふじまる》物産に就職した。手堅く県庁勤務を目指していたらしい祐ちゃんとは別の土地で、毛並みの違う人間になりたかったのかもしれない。

けれど、庸介の背比べ人生がそこで終わったわけではなかった。社会人になったところで、ふたたび別の比較対象に恵まれてしまったのだ。

その相手が染井翔矢だった。

入社前研修ではじめて会ったとき、翔矢だなんてホストみたいな名前だなと思った。

実際、染井はそれっぽく見えないこともなかった。

商社勤務だというと華やかなイメージをもたれるが、学生時代はまじめを絵に描いたように学業と自己研鑽《けんさん》に励んでいたやつらばかりで、私生活や服装が余裕のあるモテ男風情《ふぜい》になるのは社会人になってからのパターンがほとんどだ。でも染井は入社当初から小洒落《こじゃれ》ていて、悪く言えばチャラかった。

だが見た目とはうらはらに、仕事の成績は優秀だ。日常の業務もそつなくこなす。無駄もないし、ミスも少ない。頭の回転が速いから要領もいいのだろう。

喋《しゃべ》りも当然、上手《うま》い。相手が求めているせりふを気持ちよく与えてくれる。そのうえ酒も強いから接待も盛り上がる。上司や顧客《こきゃく》から好かれないはずはない。

もともと外見はいい。身長は一七八センチと高く、ちょっと女好きのする甘めの小顔で、翔矢の名にふさわしい華やかな容姿だ。

実際、営業管理課の女子たちが染井と話すときの声はふだんより三トーンくらい高い。ちなみに庸介のときもみんなちゃんと優しく対応してくれるのだが一トーンくらいしか上がらない。

身長は日本男子の平均値プラス二センチ程度であり、顔に至っては「どこにでも転がっていそうな顔だ」と妹に言われ続けた、庸介の名にふさわしい凡庸《ぼんよう》な顔だちの自分ではどう頑張っても勝ち目はない。

「おっ、サラダうまいな。最近、ずっと野菜不足だったからありがたい」

染井は鶏天の皿の付けあわせのサラダをしあわせそうにほおばる。

そんな姿も様になっている。染井の皿のサラダは盛りがよく、青々としたベビーリーフやコーンが豊富に混ざって自分のよりおいしそうに見える。染井にかかれば脇役のサラダさえも輝いて見えるのだ。

「俺も野菜不足だけど青汁飲んでごまかしてるよ」

庸介は軽く溜息をついて、染井のより劣って見えるサラダに箸《はし》を伸ばす。

入社当時は、同期がおなじ配属先なのは心強かった。

染井とは入社前研修のときからそれなりに仲がよかったので、はじめのうちはどこか学生気分で仕事や上司に対する愚痴《ぐち》やスキル不足への不安を言いあったりして、新卒の下積み社員がぶつかるいくつかの壁を共に超えることができた。

ただ、会社生活になじんでいくにつれて、だんだん見えてくることが増えていった。

染井のほうが自分より仕事を早くこなす。

染井のほうが上司や顧客からのウケがいい。

周りが自分たちを比較しているのにも気づいた。

そもそも営業職自体が内輪で成績を競いあうという側面を持っている。そこに同期という要素が加われば、もはや比べずにはいられないだろう。もちろん、だれも声高に指摘してくるわけではないのだが、目に見えない物差しをあてられているのは肌でひしひしと感じるようになった。

入社二年目のころ、年次がふたつ上の水谷《みずたに》先輩が笑いながら言った。

『うちの新人は優秀だって部長が褒《ほ》めてたよ。及川、おまえ二ケ月連続で予算達成ってよくやったよ。染井のやつなんか澤村《さわむら》さん抜きそうだってさ。ほんとすげえよな。俺なんか新人のとき、毎月、地の底を這《は》うレベルのどん尻だったからなあ』

庸介も『そうなんすか、染井すごいっすね』と笑いながら、また染井かよ、とその目の上のたんこぶの煩《わずら》わしさに悪態をつきたくなった。俺は十分に実績を上げているのに。染井がいなければもっと認められたのに。

いや、もちろん染井に罪はない。

それどころか染井は、残務があれば一緒に手伝ってくれたり、つまらない悩みにさりげなく耳を傾けてくれたりする友達思いのいい奴だった。だから憎むこともできない。そんなところも祐ちゃんとおなじだった。

壁に並んで彼と背比べをさせられたときの感覚がよみがえる。あの小さな背中に当たった、しんと冷たい石壁の感覚――。故郷に置いてきた焦りと劣等感を、こんなところまで来てまた味わわねばならないとはまさか思わなかった。

その染井が、来月からいなくなる。

「おまえ、もう住むところ決まったんだろ？」

庸介は吸い物の味わいを楽しんでいる染井にたずねる。

「ああ。会社から十分くらいのとこ」

「寝坊ができていいな」

片道三十分の自分より近い。

「うん。毎日ぎりぎりまで寝てやるよ。でも、そのうち夢とかも関西弁で見るようになるんだろうな」

「夢？」

「ああ。よく言うじゃん、留学すると半年で英語の夢を見るようになるって。ずっと大阪に住んでたら言語中枢《ちゅうすう》が関西弁に馴染《なじ》んで標準語も忘れちゃうんだろうな」

「そんな簡単に忘れないだろ。俺だって地元帰ったらふつうに名古屋弁《なごやべん》出るし。なに、おまえ淋しそうだね。大鳥《おおとり》部長の下で働けるんだからいいじゃんか」

俺は羨《うらや》ましいぞ、と思わず声に出したくなった。

「……おう、そうだけどさ」

染井はめずらしく歯切れが悪い。愚痴や弱音をあまり吐かない奴なのに。

こっちに対する遠慮《えんりょ》でもあったのだろうか。

大鳥部長は大阪支社の精鋭部隊を率《ひき》いる営業部の部長で、大阪支社長も兼任している大物だ。

入社前研修のある夜、懇親会《こんしんかい》と称して飲み会がひらかれ、その場に大鳥部長が顔を出した。

たまたま本社に来ていて、懇意にしている人事部長とのあいだで新卒の話題になって興味を持ったらしい。どんな玉がそろっているのか、顔ぶれを見たかったのだろう。

会社案内のパンフレットにも営業部の顔として載っていた人物だったので、ある種、憧れに似た感情をもって接した。畏怖《いふ》もあった。その堂々とした存在感に圧倒され、自分が非力な小動物のようだったのを覚えている。

けれど実際に話してみると、偉ぶったところはあまりなく、気さくで、近所の頼れるおやじさんみたいだった。仕事ができて熱意も溢《あふ》れているのに肩肘を張りすぎない洒脱《しゃだつ》なさまが格好よくて、男のくせに惚《ほ》れそうになった。

——精一杯やってこい。責任は俺たちがとる。

おそらく管理職を代表して、新卒のみんなをそう鼓舞してくれた。

未熟で頼りなく、不安を持てあましてばらけていた自分たちが、ひと筋の強くて美しい束になったような気がして、ぴんと背筋が伸びた。

この人のもとで働きたい。あの場にいたみんなが、そんな心地になったのではないか。

その大鳥部長に、染井は選ばれた。

新卒ふたりをおなじ部署に配属したのは、やはり互いを競わせて資質を見極めるつもりだったのだろう。自分は染井に負けたのだ。

朝礼のときの、上司から辞令書を受け取った染井の面映《おもは》ゆそうな顔が今も忘れられない。共に邁進《まいしん》してきた同志が花形部署に引き抜かれたという誇らしい気持ちと、自分は選ばれなかったのだというどうしようもない敗北感がせめぎあって息苦しかった。

実は今も苦しいが、他人を羨んで卑屈になったり落ち込んだりしていても物事はいいほうには転がらない。

それは祐ちゃんとの背比べで痛いほど学んだ。

だから今は顔を上げて、染井を快《こころよ》く送り出してやらないといけない。

と、庸介が甘酢あんを纏《まと》った鶏天を食べながら思っていると、

「おれさ、もうこの食堂にも来られなくなるんだよな」

染井が高い天井をなんとなく見上げてつぶやいた。

「ああ、大阪支社には社食ないんだっけ?」

「あっちのオフィスは古いまんまだからね。改装とかの予定もしばらくないらしい」

「社食って大がかりな工事が必要だろうからなあ」

この食堂にも相当な金が注ぎ込まれたのだろう。

「ここは四年前オープンだから、ちょうど俺たちと同じ年次なんだよな」

染井が感慨《かんがい》深げに言った。

そういえば庸介たちが就職した年の春にビルの改装を終えたので、入社当時は社食も一新されたばかりの新築状態だった。

「そうだな。なにもかもが怖いぐらいに新品のぴかぴかでちょっと嬉しかったよな。大学の食堂に入ったときもきれいでビビったけど、それよりもさらにきれいで快適でさ。ここはビストロかよって。俺んちのダイニングが一番貧乏仕様みたいな」

庸介は苦笑しながら言う。

「うん。俺も学食より愛着あるわ。藤丸カレーとか俺のソウルフードだよ。週イチで食わないと死ぬよ？」

染井は配膳《はいぜん》カウンター越しに目が合った看板娘の〈真澄《ますみ》ちゃん〉と呑気《のんき》に指ハートなんか送り合いながらも、声だけはまじめに言う。

「そうだな……」

ここで飯が食えなくなるのは残念だろう。安くて美味《うま》くて、ときには体にいい料理を出す社食は庸介も重宝《ちょうほう》している。毎月のイベントも楽しみで、ご当地グルメ特集で地元名古屋の名物味噌カツ定食がくる日なんかをひそかに期待して心待ちにしている。

ふと、隣のテーブルの社員が豚骨ラーメンをすすっているのが目に留まった。

社食のラーメンは定期的にスープの味が変わる。

どういったサイクルで変わるのか気にしたことはなかったが、一番うまいと思うのは味噌ラーメンだ。入社してはじめて食べたのが肉味噌ラーメンで、ラーメン屋顔負けの味わいだったので感動した覚えがある。

たしか染井も好きで、味噌ベースのときは必ずラーメンを注文している。

ん？

しかし最近、肉味噌ラーメンは見かけていない。最後に食べたのはいつだったろう。味噌ラーメン自体はちょっと前に食べた記憶だが。

染井に食べさせてやりたいな。

ふと、そんな気持ちになった。当分、ここで昼食をとることもかなわないのだから、あの味もさぞ恋しくなるだろう。

うちの社食では、食べたいものをリクエストすると応じてくれることがあると入社当時に課長が言っていた。

お蔵入りしたらしい肉味噌ラーメンは難しそうだが、せめてふつうの味噌ベースのラーメンなら聞き入れてもらえるだろう。

染井のため、一丁頼んでみようと思いたった。

＊

「お先に失礼します」

パートの関谷《せきや》みどりの声がしたので、流しでスチコンの天板を洗っていた杏子《きょうこ》ははたとその手を止めた。

仕事を終えた三人のパートが、みなに頭を下げて退勤するところだった。

「おつかれさまでした」

料理長をはじめ、みなが挨拶《あいさつ》を返す。

パートの人たちは、正社員である杏子たちよりもひと足早く退勤する。見慣れたいつもの風景だが、このところ杏子は少し気掛かりなことがあった。

今日もパートのだれとも目が合わなかった。

気のせいだろうか。ここ数日、ずっと挨拶のときにだれも杏子のほうを見てくれないのだ。

これまで目を合わせて挨拶していた確証もないのだけれど、なんとなくだれかひとりくらいとは目が合って、意思の疎通《そつう》があったような記憶なのだが――。

みどりをはじめ、だれともない。

仕事中はどうかというと、無視されるようなことはない。問いかけには答えてくれるし、連携もこれまで通り問題なくやれている。

でもなんとなくパートの人々との距離を感じる。毎日、四～五人のパートが入るが、そのだれとも杏子は無駄話をしていないのだ。

もともと正社員とパートの間には目に見えない壁みたいなものはある。作業自体はおなじなのに勤務時間も給料形態も異なって、当然、正社員のほうが待遇はいい。

しかしそれはむこうも割り切っていることで、問題視されるようなことでもない。

ほかのみんなは？

杏子は正社員のメンバーを順番に考える。

真澄はあの天真爛漫《てんしんらんまん》な性格だから、すべてのパートのメンバーと分け隔《へだ》てなくおしゃべりする。

みゆきはどうか。

かつて勤務していた給食センターでは熱意のない料理長と折り合いが悪かったうえに、パートの人たちからも不当にいびられて疲弊《ひへい》したというが、みどりとはウマが合うようで、とても円満にやっている。

梢《こずえ》は、推しの声優が、たまたまみどりがはまっていた韓流ドラマのヒーローの吹き替えをやっていたのがきっかけで意気投合《いきとうごう》し、しばしばその方面のネタで盛り上がっている。

男性陣はみな、パートとの関係は良好だ。

田貫《たぬき》部長はあのとおり愛嬌《あいきょう》のあるコダヌキだし、基本的にあまりかかわらないので軋轢《あつれき》もない。料理長は人を動かすのに長《た》けた人で、ときにはお世辞《せじ》を言ったりしてうまいこと扱うので、パート勢は完全に彼の支配下だ。みどりも一目置いているようだ。

渚《なぎさ》は若くて顔もいいからオバサンたちがちやほやしたいのは当然――というのは真澄談で、実際、パートのほうから積極的に絡んでいるのを多く見かける。

今朝も吊り棚《だな》に置かれたザルを取ろうとパートのひとりが手を伸ばしていると、渚がひょいと取って渡してくれたものだから、嬉しそうにはしゃいで何事か話しかけていた。

杏子だってパートの人たちとふつうに話すときはある。「今日は焦げましたね」とか「ちょっと量が足りなさそうですね」などの料理がらみの短い会話が。だからこそこれまでなにも深く考えたことはなかったけれど、思えば自分だけはパートのだれとも私的な交流がない。

私、もしかして避けられてる——？

ひやりと冷たいものが胸に広がった。

原因があるとすれば、あのロコモコの苦情に対する杏子の反応だろうか。あたかも自分は悪くないとばかりの態度になってしまった。そんなつもりはなかったけれど、見方によってはそうとれた。

でも、こんなの気のせいだ。

これまでのみどりの印象は、さばさばして気のいい人だった。避けるだなんて中学生じゃあるまいし、ただの思い込みだ。疑心暗鬼になっているだけ。

よけいなことは考えないでおこう。

杏子は自分にそう言い聞かせながら、ミーティングのために控室に向かう。

この日、意見箱にとある声が寄せられていた。

『メニューにパンを加えてほしい。パン食系男子、藤実《ふじみ》より』

今回は男性社員からで、なんと苗字《みようじ》に藤がついていた。藤の字が。

「パン食系男子？」

テーブルに広げた意見書を見ていると、たまたま隣に座った渚が眉《まゆ》をひそめた。

「パン好きで、食事が主にパンの男性ってことよね」

かわいらしい肩書だなと思いながら杏子が言う。

「パン食系女子なら聞いたことありますけど」

「男にもいるのよ。……パン食を希望する意見は七月にも見かけましたよね」

料理長が席について、メンバーが全員揃ったので杏子は切り出した。

「ウチも見たわ。たしか焼きそばパンが食べたいですってやつ」

梢も思い出したらしい。

「そうそう、高校の購買じゃないんだからって突っ込んだよね」

あのときは丁寧《ていねい》な女性の字だった記憶なので、今回とは別人だと思われるが。

「パン食か……、たしかに今のところ、うちのメニューにはないな」

料理長が腕組して言った。

「じゃ、メニューに加えてみてはどうですか？　サンドイッチやバーガーを」

杏子は直観的に頭に浮かんだものを提案してみた。

「女性ウケは良さそうね」とみゆき。

「たしかに、たまにはパン食もいいかも！」

と、真澄ものってくれたが、

「んー却下《きゃっか》」

田貫部長がばっさり切り捨てた。

「なんでですか、部長」

「日本人は米食ってナンボだよ」

「古っ。いつの話してますの。うちには外国国籍の社員さんもいてはるし」

「パン好きはたしかに多い。しかしここはカフェではない。そもそもパンなんかコンビニで買えるじゃないか。ジャムパン、アンパン、クリームパン、サンドウィッチ、コロッケパン、カレーパン、焼きそばパン……甘い菓子パンから総菜《そうさい》パンまでしっかり揃っているぞ」

「それはそうですけど……」

「実際にコンビニのパンでお昼ご飯を済ませてる社員は多そうだしね」

「時間がないとか、手軽に腹さえ膨《ふく》れればいいという人はそうなりますね」

みゆきに続いて渚も言った。

「うむ。そういう社員は社食には来ないのだよ。ここに来るのは、朝が苦手で軽いパン食だから昼はがっつり具の載った丼《どんぶり》ものを食いたいとか、朝食づくりを面倒くさがる低血圧の女房が卵かけご飯と漬物しか用意してくれないから昼は一汁三菜《いちじゅうさんさい》揃った定食をきちんと食べたいと考えている腹ぺこの社員なのだよ」

「部長のことですね、わかります」と真澄。

「たしかにある程度カロリーのある定食とか丼ものは毎日、売れ行きいいよね」

と料理長も言うので杏子は、

「だったらコンビニでは食べられないような豪華な総菜パンを出せばいいじゃないですか」

「パンにどれほどの社員がそのクオリティを求めるのかが問題だけどな」

渚が慎重に突っ込んでくる。

たしかに安く手軽に腹さえ膨れればいいタイプの人たちにしてみたら、手の込んだパン料理に大した価値はないかもしれない。

「女性はこだわりの総菜パンとか好きそうだけど？」

真澄が肩を持ってくれたので杏子は畳《たた》みかけた。

「そうですよ。男性だって、満足感の得られそうなボリュームのあるパンだったらそそられると思います。カフェによく、かじりつけないほどの厚みがある手作りハンバーガーとかあるじゃないですか」

「ああ、佐世保《させぼ》バーガーみたいなの？」

みゆきが言う。

「佐世保バーガーてなんです？」

梢が首をひねるので料理長が教えてくれた。

「長崎のB級グルメだ。肉厚なパテにレタスやらチーズやらベーコンやら、あと卵なんかを挟んだボリューム満点のグルメバーガーだよ。ああいうのならいいかもね。ご当地グルメ特集が長崎になったときはやろうと思ってたよ」

「そうです。インパクトあるやつなら、絶対いい目玉商品になりますよ。定食派の人だって、メニューにあれば、たまにはバーガー食べたくなるだろうし」

料理長がなびいてきたので、旗色の悪くなった田貫部長がじろりとこちらを見やった。

「君もパン食系女子なのだな、皆川《みながわ》君」

「はい、朝も昼もパンでいけますよ」

「あたしもパン好き」と真澄。

「うちもや。意外とコンビニのパン食系社員を取り込めるかもしれへんから、やってみる価値あると思いますよ。焼きたてほやほやの総菜パンなんて、試食楽しみやないですか、部長？」

試食に弱い部長の太眉が、ぴくりと反応した。

「うーむ……」

揺れているようだ。

杏子としては純粋にパン食を取り入れたいと思う一方で、実は藤の苗字も気になっていた。パン食系男子という肩書からして、あきらかに年若い社員だ。

もしやその男《ひと》が藤の君では——と、おのずと期待を抱いてしまう。

「よし、わかった。では、佐世保バーガーを凌《しの》ぐ、超ド級の総菜パンを発案してみておくれ。僕が首を縦にふれるような美味豪華なパン食をね。そうしたら考えてやってもよいぞ」

試食に釣られた田貫課長がなんとか腹を決めてくれた。

「わかりました」

杏子は意気揚々《いきようよう》と頷《うなず》いた。これはチャンスだ。藤《ふじ》の君《きみ》と再会するための。

〈キッチン藤丸〉初のパン食提供というのもいい。

頭の中にはただちに美味《おい》しそうな総菜パンのイメージが膨らみはじめた。

＊

午後四時半すぎ頃。

一旦、仕事のきりがついたので、及川庸介は二十階の社員食堂に向かった。

食堂フロアのエレベーターホールには食堂意見箱なるものが置かれている。社食に対する要望を書いてここに入れれば、聞き入れてもらえるのだという。

庸介はしばし立ち止まってその箱を見つめていた。

入社当時、課長ががんもどきをリクエストしたら定食の一部に組み込まれたと自慢げに話していた。そんな地味な料理まで取り入れてくれるのかと驚いたものだ。

しかし、庸介はここに意見を投函《とうかん》する社員の姿を見たことがない。ちゃんと今も機能しているのかも謎だ。

おまけに、意見を書いて入れても、すぐに見てもらえなかったら意味がないことに気づいた。

今日はもう十八日だ。染井が異動する月末までに手を回さねばならない。あまり時間がない。

スタッフに直接、口頭で伝えたほうが確実で早いと、厨房《ちゅうぼう》のほうに回った。

いつもは社員でごった返している食堂も、時間外だと静まり返っていて昼間とは別世界のようだった。

すでにすべての椅子《いす》がテーブルの上にひっくり返されていて、どこの閉店後のレストランに来たかと思った。

スタッフたちはすでに厨房内の片づけも終えて、ホワイトボードの前でなにか立ち話をしていた。深刻に話し込んでいるふうではなく、雑談といった印象だ。

そろそろ退勤するのだろうか。食堂のスタッフも正社員だと聞いたが、我々とは勤務時間が異なるようだ。

厨房には若い女性スタッフが三人いた。

「すみません」

庸介はカウンターまで行って声をかけた。

厨房には看板娘で有名な〈真澄ちゃん〉がいたが、「話しかけんな、愚民《ぐみん》が」と思われそうなので、その横にいた無難な容姿の女子スタッフを選んだ。社員証には『皆川杏子』とある。

「はい」

「僕、食肉事業部の及川といいます」

「はい、おつかれさまです」

皆川杏子はカウンターまで寄ってきて、愛想よく応じてくれた。ほかのふたりもけげんそうにこちらを見ている。

「ラーメンについて訊きたいんですけど」

「はい、なんでしょうか？」

ラーメン絡みのリクエストは滅多《めった》にないのか、意外そうな顔をされた。

「月末に出されるラーメンのスープの味ってなんですか？」

社食のアプリには次週までのメニューしかまだあがっていなかったが、ちょうど運よく味噌ラーメンということもありうるから事前に確認しておいた。

「ええと月末はですね……再来週ですよね……」

皆川杏子は少し考え込んでから答えた。

「豚骨味です」

残念ながら味噌ではなかった。しかしここまできたらリクエストしておかねば。

「ああ、その味を味噌ラーメンに変えることってできませんか？」

だしの味を豚から味噌に変えるだけのことだ。――と、素人《しろうと》は考えるのだが。

「できないことはないと思いますが……、あ、味噌ならたぶんその次の週に提供の予定ですよ。来月になっちゃいますけど」

皆川杏子はにこやかに教えてくれた。しかしそれだと遅い。

「なんとか月末までに食べられるとありがたいんですが」

「月末ですか？」

不思議そうにつぶやく。

「ええ。もうじき支店に異動になるやつに食わせてやりたいんで」

少々照れ臭《くさ》く思いながら答えると、

「そうなんですね。一緒に食べた思い出の料理とかですか？」

興味を惹《ひ》かれたらしく、問いかけてくる。

「ええ、まあ、そんなところです」

なんだかますます気恥ずかしくなりながら答える。餞別《せんべつ》代わりにするならもっと高級な店で高い飯を奢《おご》ってやるべきだろうか。いや、ここは社食の味噌ラーメンであることに意義があるのだ。

「味噌ラーメンおいしいですもんね」

皆川杏子が自分のことみたいに嬉しそうな顔になっていた。

その表情がちょっとかわいくて、実家の母が喜びそうなタイプの女だなと好感をおぼえていると、

「すみません、味噌は難しいかもしれません」

と、冷静な声が割って入った。

いつのまにか、背後から男のスタッフが来ていた。

調理師だろうか。まだ若い。小洒落《こじゃれ》た制服のせいか、梁井と並べたら絵になりそうなイケメン風情《ふぜい》だ。

社員証を見ると『高藤《たかとう》渚』とある。社長とおなじ苗字《みようじ》なのでひっかかったが、まあ、ただの偶然だろう。

「なんで？　まだメニューの公開もしてないし、ぎりぎりいけるんじゃないの？」

看板娘の〈真澄ちゃん〉もいつのまにかそばに来て言う。

「料理長が、豚バラとの抱き合わせでゲンコツを大量に安く買ったと嬉しそうに言ってたんで、今さらどちらかをキャンセルすると単価が上がってしまうんじゃないかな」

「そんな理由？」

と、〈真澄ちゃん〉が不服げに言う。

いや、そこは大事だろうと庸介は思いつつも、

「むずかしいですか?」

だめもとで訊いてみた。

「ええと、ちょっとお待ちください。料理長に相談してみます」

皆川杏子が奥に戻ろうとするので、

「いや、やっぱりいいです」

庸介は思わず引き留めた。染井の喜ぶ顔は見たかったが、社員ひとりの都合でメニューを動かすわけにはいかない。まして経費が絡んでいるとなればなおさら忍びない。

「すいません、もしできたらでかまわないんで」

庸介は遠慮《えんりょ》がちに言って軽く頭を下げると、踵《きびす》を返した。

なにも必ず食わせねばならないわけでもないし、ときどき本社にくることもあるだろうから、またそのときに奢ってやることにしようと思いなおした。

＊

その日、杏子は仕事が終わったあと、〈食堂楽《しょくどうらく》〉で飲んでいた。

真澄と渚と梢も一緒だ。パン食提供実現に向けて話すつもりだった。

〈食道楽〉はかつて渚が師事した金造《きんぞう》という料理人がさりもりしている小料理屋で、こぢんまりした店内は、いつものごとく常連客でにぎわっていた。

渚は、店に入ってからすぐに、となりの小上がり席にいた顔なじみの客に呼ばれ、以降、ずっとそこで飲んでいる。

「渚君、彼女いるのにほかの女子と飲みに来てて大丈夫なのかな？　今はおじさん相手だけど」

杏子は、常連のおやじさんたちと一緒に焼き鳥を食べている渚をなんとなく眺めながらつぶやく。

「束縛《そくばく》しないタイプの女なんやろ。真澄ちゃんとしょっちゅう飲んでるし」

梢がイカの炙《あぶ》り焼きを食べながら言う。

「うちらはただの同僚なんだからいいじゃん。……え、なに？　杏子さん、渚のことが気になるの？」

真澄は生中《なまちゅう》をごくごくと飲み干してから問う。

「うーん、気になると言えばなる。みんなはならないの？」

彼女がいるとわかったせいか、あるいは彼が藤の君かもしれない可能性があるからか、今までとはどこか異なる目線で見ているのはたしかだ。

「うちもどんな彼女なんかちょっと興味あるわ」

軽い好奇心から梢が言うと、

「よし、わかった。……金造さん、生中おかわりー」

真澄は手を挙げて、陽気な声で二杯目を頼んだ。

「あいよー」

と金造の陽気な声が返ってきて、ほどなく生ビールが届けられる。

「ねえねえ、金造さん、さくらってどんな感じの人なの？」

真澄が生中を受け取りながら、隣の席の渚に聞こえない程度の小声で金造に訊いた。

渚の素性《すじょう》に詳しい金造なら知っているかもしれない。

「ん？　さくら？　あー、さくらか。真澄ちゃんたち、さくらのこと知ってんのか？」

金造は意外そうに目を丸くしつつ、小声で返してくる。

「うん。まあね。金造さんも知ってるんだ」

「ああ、まあな。どんな感じの女かっつうと、色白で目が大きくてかわいい感じだな」

「へー、かわいい系がタイプなのか、意外やな。知的なクール女子が好きかと思ってたわ」

「だよね。ふたりはいつから一緒に住んでんの？　ラブラブなの？」と真澄。

「さあ、そこまでは覚えちゃいねーよ。まあラブラブだろうな。苦手だとか言いながらもちゃっかりよろしくやってんだからな」

「ほー、そうなんだ、苦手と言いながらもねえ、そういうの渚らしいよね」

「たしかに」

杏子も妙に納得しつつも、いよいよさくらの具体的な姿が浮き彫りになってきて、どうも胸のどこかがもやもやするのを感じた。もっと知りたいような、でも知ると、ますます顔を合わせたときに思い出してしまいそうで、これ以上は知りたくないような。

金造が厨房に引っ込んでいったので、

「それよりパン食どうする？」

杏子はひとまず話題を変えた。今日はその話し合いも兼ねて飲みに来たのだ。田貫部長を唸《うな》らせる超ド級の総菜《そうざい》パンを提案し、パン食提供を実現させなければならない。

「そのへんのコンビニにあるような総菜パンがダメなら、こだわりの手作りバーガーとか、具だくさんの特製サンドイッチとかになるよね」

「サンドイッチは、専門店レベルの具だくさんのやつならウケそう。生ハムとかエビなんかを入れて高級感出してさ」

真澄が里芋《さといも》のチーズ焼きを食べながら言う。

「あ、でもうちの会社の近所にサンドイッチ専門店あったような？」と梢。

たしかに二百メートルほどの距離のところにカフェ風の専門店がある。テイクアウトも可能だから通勤途中に買って社内で食べている社員もいそうだ。

「食べたければそっちに行っちゃうか……」

「それに高級食材使うとコストが云々《うんぬん》言い出しそうだよね。コダヌキ部長、なにがなんでも邪魔してきそうな気配だったもん」

カロリーオーバーは気にしないくせに、経費のオーバーには厳しい人なのだ。

「杏子さんだって、なにがなんでも実現させたいでしょ、藤の君のために」

真澄がくすりと笑う。

「やっぱ苗字の藤の字に反応してたんやな」

梢からもつっこまれ、「うん。実はそれもある」と、杏子は照れくさくなって梅酒を飲んだ。

だって、もしパン食が実現すれば、藤実氏は絶対に社食に食べにくる。そうしたら顔を確かめることができるだろう。

本人を前にすればきっと声や気配でわかる。少なくとも杏子はそう考えている。一日も早く藤の君に再会して、次なる展開に持ち込みたい。もしもあるのならの話だけれど。

「でも、ふつうにパン食、導入したくない？　お洒落《しやれ》で美味《おい》しそうなパンならうちの社食に合うと思うし、みんな食べてくれると思うんだけどな」

純粋に、パン食を定番のひとつに加えてみたいという気持ちも大きいのだ。自分だったら選択肢《せんたくし》が増えて嬉しいいし、過去にも似たような要望があってずっと気になっていた。

「パンだって、調理の仕方次第でご馳走《ちそう》になるよな」

パン派の梢が同調したところで、渚がレモンサワーを片手に席に戻ってきた。

「おかえりー」

彼が隣に座ると、真澄がグラスにビールジョッキを合わせる。

「今、コダヌキ部長を落とせるパンメニュー考えてるの」

杏子が告げると、

「ああ、どうしますか？」

渚は杏子が食べていた明太子味の蓮根《れんこん》チップスに箸《はし》を伸ばしながら問い返してくる。

パン食提供について、ミーティング時はとくに賛成も反対もしていなかったようだったが、どちらかというと乗り気のようだ。

「そういえば料理長が、ハンバーガーはご当地フェアのときにやりたいので却下《きやつか》と言ってました」

「そうなの？　有力候補だったのに残念だね。……じゃあ形を変えてホットドッグにする？」

杏子は少々がっかりしながら問う。

「ホットドッグやと具を入れる幅が限られてるから、あんまり豪華にできへんかもね」

「あーたしかに。どう頑張っても軽食感は抜けないよね」

梢も真澄もぴんとこないようすだ。

「一丁前《いっちょうまえ》の料理感を出したいならオープンサンドにすれば」と渚。

「食パンの上にいろいろのせるやつ？」

ときどきカフェで出されているのを見かける。

「あーあれならお皿めいっぱい使えば華やかにできるし、ボリュームも出せていいかも」

真澄が乗ってきた。

「超ド級の総菜パンにしろって言ってはったもんな、コダヌキさん」

「上にはなにをのせる？　私は卵ははずせないな。オープンサンドって卵率高くない？」

「俺はアボカドとベーコンってイメージです」

「渚は刺身系の生もの好きよね、今日もなにこの戻りガツオの韓国料理もどき注文して。

だれも食べないじゃん」

真澄がコチュジャンや荏胡麻《えごま》で甘辛《あまから》く和《あ》えたカツオのたたきの皿をちんちんと箸で叩きながら言う。

「アボカドは刺身じゃなくてフルーツだけどな」

「えっ、野菜じゃないの？」と杏子。

「木になる果実です。和名は鰐梨《わになし》っていうんですよ」

「へえ。あの表面が鰐っぽいから？　なんか、かわいいね」

その後、具材をああだこうだと話し合った結果、王道の目玉焼き&ベーコンと、秋らしくきのこのグラタンがいいんじゃないかという話でまとまった。

「でも、もうちょっとあと一押し、なにかアピールポイントないと超ド級って感じじゃないわ」

真澄が腕組みして、うーんと唸る。

たしかに、ひとつアピールできる点があるだけで、料理の印象は大きく変わる。

「食パンをさ、業務用のじゃなくて、一から手捏《てこ》ねで作るパンにして、それを宣伝文句にしたらどう？　いかにもおいしそうに思えて期待値が上がらない？」

杏子が提案してみる。

「ああ、いいかもね。みんな、天然酵母《てんねんこうぼ》とか国産小麦とかの付加価値には弱いし」

と真澄が頷《うなず》く。

「渚君、手作りでパン焼いたことある？」

杏子が戻りガツオをおいしそうに食べている渚に問うと、彼はかぶりをふった。

「ないです。知識としてはありますけど、技術は初心者レベルじゃないかな」

この〈食道楽〉のメニューにパンはなかっただろうから無理もない。

「料理長は作れるのかな？」

「あの人はできますよ。たぶんパン屋顔負けのクオリティで仕上げます」

「だよね。だって洋食のコースにパンあるじゃん」

真澄が、もっともそうに言う。

「そっか」

井口《いぐち》料理長は元ホテルのフレンチレストランのシェフだ。

「でも国産小麦はコストがな……」

「コダヌキさん、絶対にそこ突っ込んでくるやろな」

渚に続いて梢も渋い顔で言った。値が張る材料は認められなさそうだ。

「それも問題かー。それにパン作りって、もしかして早朝勤務になる？　パートさんたちにもしわ寄せがいくことになるんじゃない？」

「あ、そういや、みどりさんて、たしか実家がパン屋でパン作り経験者やなかった？」

梢が思い出したように言った。

「そうなの？」

みどりの名が出て、杏子は少し緊張した。

「ずっと前に深夜営業のパン屋の話をしたとき、それらしいこと言うてはった気がする」

それは初耳だった。思えば杏子は、パートの人たちの素性もなんとなくしか知らない。

すると真澄が言った。

「じゃ、それを言えばコダヌキ部長を落とせるんじゃないの？　みどりさんが経験者だから、一緒に手伝ってもらっておいしい手捏ね食パンを作る。それを売りに、華やかなオープンサンドを作って出す」

「うん、いいと思う。田貫部長も手捏ね食パンに釣られてオッケーしそう」

杏子もおおいに賛成したが、渚が渋った。

「実際、一から手捏ねパンというのは大変ですよ。時間もかかるし体力もいる。すぐにおいしくできるとは限らないからある程度、修業期間も必要です」

「まあ、そやろな。そんなにわか仕立ての技術でおいしいパンが作れるならパン屋はいらんもんね」

　梢も冷静になった。

「たしかにそうだけど……」

　無謀《むぼう》だろうか。

「大丈夫。料理長とみどりさんがいるんだから、なんとかなるって。あたし頑張ってパン捏ねるし」

　真澄がほがらかに言うので、杏子も前向きになって「そうだよ」と同意した。

　家に帰ったらさっそく仕上がりイメージを絵に描き起こそう。部長を唸《うな》らせるような豪華なオープントーストを描いて、部長を説得するのだ。それがそのまま企画書になったらいいなと思う。

　ただし、もしパン食提供が叶うなら、経験者であるみどりとの共同作業になる。そこには少しばかりひっかかりをおぼえた。

　パートの人たちと距離感があるように感じるのは気のせいなのか、どうなのか。ふと、ここにいるみんなに相談しようかと思った。

　でも――と、冷めてきた揚《あ》げ出し豆腐に箸をつけながら思いとどまる。

　せっかく楽しくお酒を飲んでいるときに、こんなつまらない話をされても場がしらけそうだ。

それに、パン作りを機に、みどりをはじめパートの人たちとの距離も縮められるかもしれない。お近づきになるいいチャンスだ。そう前向きに考えて、相談するのはやめておいた。

「どうかしましたか?」

黙り込んでいたのに気づいたらしい渚が、軽く顔をのぞいてきた。渚は料理長とおなじで物事の変化に敏感だし勘も鋭い。

「梅酒おかわりしようか迷ってて」

杏子は心を読まれたくなくて、あわてて笑みを浮かべて取り繕《つくろ》うと、メニュー表を手にしてごまかした。

数日が過ぎた。

その日、午後のミーティングに田貫部長が顔を出したので、杏子はかねてから用意していたイメージイラストをタブレットの画面で見せながら、パン食メニューの具体案を説明した。

「こちらです、部長」

イラストはできるだけ部長の食欲を駆りたて、実現したいと思わせられるように、家で念入りに色づけしておいた。

ひとつは卵が上にのったタイプで、もうひとつはきのこグラタンバージョンだ。

パートのみどりがパン作りの経験者であることも含めて、パンはこだわりの手捏ね食パンで作ってはどうかという点もアピールした。みどりには、指南をお願いするかもしれないことが真澄の口から伝わっている。

「ふむ。オープンサンドというのはなかなかいいかもしれん。お皿にあふれんばかりの具がのっているのが見栄えよくていいな」

杏子の絵に釣られたらしい部長は意外にも色よい返事をくれた。が、

「手捏ねは難しいな」

料理長が、渚とおなじことを言って難色を示した。

「なぜですか?」

杏子は問う。

「手捏ねと機械捏ねでは、劇的においしさが変わるというわけでもないんだ。手捏ねのメリットというと、捏ねて作る面白さと、生地の具合を微調整できることくらいかな。パン

作りの工程を楽しむパン教室ならいいけど、社食はそうじゃないから。限られた時間で、より美味《おい》しいものをより早く作って提供するのが我々の仕事だからね」

「そうなんですね……」

料理長のまろやかな物言いで説得されると、すんなりと受け入れられる。

「じゃ、手捏ねをウリにするのはあきらめて天然酵母《てんねんこうぼ》とかにする？」

真澄が杏子に言ってくるが、これも料理長が止めた。

「それも匙加減《さじかげん》が難しいよ。慣れないうちは失敗も多い。私としては、捏ねは機械に頼るとしても、うちで焼き上げたものであれば、焼きたての手作りパンとして十分に社員にアピールできると思う」

「私も機械捏ねの自家焼きならいいと思います。焼きたてであれば、業者から仕入れたものより十分においしいですから」

みゆきが同意した。

たしかにそうかもしれない。

「どうですか、部長？」

杏子が問うと、タブレットの画面をじっと見ていた田貫部長が、

「うーむ。パンはそれでいいが、こっちのいかにもな感じの目玉焼き＆ベーコンはやはり

却下《きやっか》だな」

と、すげなく切り捨てた。

「却下ですか?」

あえて、みんなが食べたいと思いそうな定番のトッピングにしたのだが。

「こういうのはどこの女房でも作れるのだよ。もっとウチの社食じゃなきゃ食べられんって味じゃないと」

「たしかにだれでも作れそうではありますけど……」

「でもそれ言ったらカレーだって同じですよ、部長。どこの家でもカレーは作れるけど、みんなわざわざ藤丸のカレーもお金払って食べてますよ?」

真澄が反論するも、

「そこなのだよ。家でそれなりの味は作れても、舌鼓《したつづみ》を打つほどのプロ仕様の味は出せない。だからわざわざお金を払って外で美味《うま》いものを食べるのだよ」

「だったらとびきりおいしいオープンサンドをつくればいいんですよね?」

料理長の手にかかれば可能だろう。

「そもそも社食に舌鼓を打つほどの高尚な味を求めてます?」

梢が部長に訊ねる。

「もちろんだ。ランチはつらい仕事の合間のお楽しみなのだよ。社員たちはみな、これになら金を払う価値があると思える納得の味と、社食という福利厚生《ふくりこうせい》のありがたみを十二分に味わえる良心価格、その二点をクリアする究極の逸品を求めているのだ。理想の社食とは、それがさりげなく提供されているのだからね」

「はァ……」

究極の逸品は言いすぎだろうと思ったが部長の熱弁は続く。

「ウチはそういう面で成功しているほうだと思うよ。だからこそ社員たちは毎日飽きもせずに足を運んでくれているのだ。みんな〈キッチン藤丸〉を信じて期待している。わかるかね、この社食愛を？　それを裏切ってはならないことを？」

「わかりません」

真澄がしらけた顔で答えた。

田貫部長は、なぬ、と口をへの字にするが、

「まあ単純に、安価で移動もラクだから食べに来てるって社員が大半だとは思うけどねえ」

料理長が苦笑しつつ言うので、

「そんな身もフタもないこと言わないでよ、井口君っ」

部長は泣《な》きっ面《つら》になった。

渚がまじめに意見を述べた。

「実際に、安さや便利さが魅力というだけの社員は多いと思います。満腹感さえ得られれば、それでいいといって、毎日、似たような料理ばかりを注文する常連客が〈食道楽〉にもいましたから。まあ男性でしたけど」

「言っとくけどそれも社食愛のひとつだからね。おなじみの味を求めるという社食愛だ」

部長が自分で言って、深々と頷《うなず》く。

「でも変化やこだわりがない料理ばかりじゃ、いずれマンネリしてみんな離れていくわね。近所にはほかにもおいしいお店がたくさんあるんだし」

みゆきは言う。

「うむ。だからこその変化球だったはずが、家でも食べられそうなこの卵&ベーコンのオープンサンドではお話にならんのだよ」

部長は頑として卵&ベーコンを認めようとしない。

「トッピングの具材を変えればアリですか?」

杏子が問う。

「うーむ、そうかもしれんが、そうではないかもしれん」

曖昧《あいまい》な返事だ。

「……そもそもパン食では変化球は厳しいということなんでしょうか、部長?」

杏子は問う。

「そこまでは言っておらん」

「…………」

部長も、あらたな指向の料理を提供するにあたって、まっとうな大義名分が欲しいのだろう。

それに部長が言っていることはあながち間違ってもいない。魅力に欠けるネタでは、いくら新企画商品でも食指《しょくし》は動かないだろう。社員の期待を裏切ってはならないのだ。

ほかのメンバーもおなじ心境のようで、ただ押し黙っている。

意見が停滞し、空気が悪くなりつつあるのを読んだ料理長がひとまず話題を変えた。

「そういや、今日は意見箱になんかあったんだっけ?」

「ありました。これです」

真澄が意見の紙をテーブルに広げた。

『来週のラーメンは味噌ラーメン希望。以前、出されていた肉味噌入りにしてください。

食肉事業部営業一課　男』

とパソコン文字で書いてある。所属部署は書いてあるが氏名はない。

「肉味噌入り……？」

杏子が小首をひねる。〈キッチン藤丸〉で働きはじめてからは一度も見かけていない料理だ。

「ああ、ちょっと前まで肉味噌バージョンのときもあったんだよ。そういや最近やってないね」

料理長が言った。

「ここを新規オープンさせた頃のメニューだったのよ。担々麵《たんたんめん》を出すようになってから、やめてしまったのだけど」

味噌ラーメンに、甘辛《あまから》く、ややピリ辛の香辛料《こうしんりよう》をきかせた豚挽肉《ぶたひきにく》の肉味噌をのせたものだとみゆきが教えてくれた。おいしそうだ。

「食肉事業部営業一課の男って、これ、このまえ味噌ラーメンのリクエストくれた人なんじゃない？　ええとなんて名前の人だっけ？」

真澄が訊くので、

「たしか……及川さん？」

杏子は答えた。わざわざ口頭でリクエストしにきてくれたので顔もよく覚えている。

「そうそう。その人よ。あたしたちが応じてくれなさそうに見えたから、意見箱使ってごり押ししてきたのかも」

「よほどそれを食べたいみたいね」

みゆきは感心したようすだ。

「大阪支店に異動する人に、ここを去る前に食べさせてあげたいんだと仰《おつしや》ってました」

杏子が説明すると、

「ああ、なるほど。そういうことなら作ってあげたいね」

料理長は合点《がてん》がいったようすで頷いた。

「でも豚バラはどうしますか？」

渚が問う。以前、出汁《だし》の元になるゲンコツとの抱き合わせで、最近、高騰《こうとう》ぎみの豚バラ肉が安く買えるのだとか言っていた。

「うーん、まあ、仕方ないね。わざわざ頭を下げに来てくれた営業君のために、ひと肌脱ごうじゃないか。いいかい、みゆきさん？」

料理長が予算を気にして問う。

「いいですよ。本来の仕入れ値に戻るだけなので」

みゆきもにこりと笑った。

「では、来週からラーメンのスープは豚骨から味噌へ変更。リクエスト通りに肉味噌をのせていこう」

料理長が言って、みなが頷いた。

こちらはすんなりと決まってよかった。及川さんも要望を書いた甲斐《かい》があっただろうと杏子は意見用紙を見ながら思った。

「食肉事業部か……」

主に海外から輸入した肉および加工品を卸《おろ》している部署だ。

意見書の文字を眺めているうちに、ふと、杏子の中にあるアイデアがひらめいた。これなら田貫部長を落とせるかもしれないと。

＊

九月末日にあたる月曜日。

まだ昼休みになって間もないが、社食のフロアはすでに社員でごった返していた。

及川庸介は、染井翔矢と四人掛けテーブルで向かい合って座り、ふたりで味噌ラーメンを啜《すす》っていた。

濃厚な味噌スープのラーメンの上には新鮮でシャッキシャキの長葱《ながねぎ》ともやし、いい感じに漬けダレがしみ込んだ味玉に焼き海苔《のり》が添えられ、そしてなんと、蓮根《れんこん》と生姜《しょうが》が入った肉味噌がのっている。入社当時によく食べていた、あの肉味噌ラーメンだ。

予約メニューに味噌ラーメンを見つけ、おまけにそれが肉味噌入りなのを知ったときは感動した。

さっそくふたり分を予約しておいて、今朝、染井に「餞別《せんべつ》代わりに奢《おご》るよ」と伝え、めでたく食べさせてやることができた。

「いやあ、肉味噌ラーメン懐かしいな。メニューから消えてたから、もうずっと食べてなかったよな」

染井がれんげで掬《すく》ったスープを味わいながら、しみじみとつぶやく。

「だろ。だから迷わず予約したんだよ」

庸介はこんもりと盛られた挽肉《ひきにく》の山を、箸《はし》の先でほろりと崩しながら言う。

「おう。感謝するよ、ありがとうな、及川。本社勤務最後の日に肉味噌ラーメンが食えるとは思わなかったよ」

「最後じゃないだろ。いつかまた戻ってくるだろ、デッカくなって」

「まあね。食い倒れの街だけに、体重も倍増してな」

「おまえはどんだけ食っても太らないタイプだから安心しろ」

庸介は麺を掬いながら笑う。

縮れた中太麺はもっちりとしてコシがあり、スープがほどよく絡む。

スープは鶏ガラの出汁と味噌だれをベースに、まろやかな香味野菜の甘味と豆板醬《とうばんじゃん》とおぼしきピリ辛がほんのり効いていて味わい深い。

「ああ、この挽肉の旨味《うまみ》が絡んだ麺がたまらないよな」

麺を啜った染井が、頰《ほお》をゆるませる。

挽肉をスープに混ぜながら食べれば、肉の旨味が溶け込んでスープにさらにコクが出るのだ。

異動を知らされて以来、どうも劣等感が拭《ぬぐ》えなかったが、染井と一緒にうまいラーメンを啜っていると、なぜかそれが薄らいでいった。

「俺さ、味噌ラーメン食ってると、ときどきおまえに助けてもらったことを思い出すよ」

染井がもやしをほおばりながら言う。

「いつ助けたっけ？」

「まだ新人のころ、俺がホシザキとの値上げ交渉でやらかしたとき、部長からド叱《しか》られてさ、そのあと課長と先輩と四人でここで味噌ラーメン食っただろ」

「ああ、そうだっけか」

たしかにそれらしい記憶はあった。入社二年目の秋ごろ、ちょうど上司を挟まず、自分の判断で取引をはじめたころのまあまあヤバい失敗だった。原料の値上げの話を安易に呑《の》んでしまったばかりに泥沼にはまって、あやうく取引を中断させられるところだったのだ。

課長は怒らなかったが、部長はけっこうな勢いで怒った。もちろん先々の染井の可能性を見込んでの叱咤《しった》だったろうが、庸介も内心震えあがって、明日は我が身と襟《えり》を正したものだ。その昼に食べたのも味噌ラーメンだった。

「俺さ、あんとき泣きそうだったんだよな。ていうか、たぶん泣いてたんだよ。一丁前《いっちょうまえ》の営業マンになったつもりだったのに、びっくりするほどちっぽけな無能野郎でさ、それが情けなくて鼻水とか止まらなくてさ。でもそんな子供みたいな姿、いくら新人でも会社で晒《さら》す奴いないだろ。女ならともかく、男が失敗して泣くとか……。でもおまえが寒暖差アレルギーの話題にすりかえてくれたから、課長の興味がそっちに逸《そ》れて、ごまかしが効いてなんとかやり過ごせたんだよな」

寒暖差アレルギーは温度差が刺激となってくしゃみや鼻づまりが起きる病状のことで、

うどんやラーメンを食べているときに鼻水が出るような人は要注意だ、染井はたぶんそれですよ、と笑い話で終わらせたような覚えがある。失敗して泣くのを見られたくないのはみんなおなじだからだ。

「あんときほどおまえの存在を心強く感じたことはなかったよ、及川」

「なんだよ、大袈裟《おおげさ》だな」

「感謝してるんだよ、ずっとおまえとケツを叩きあってここまで来たからさ。おまえは俺の目標で、おまえのおかげで今の俺なんだから」

「は？」

庸介は思わず、ラーメンを掬う手をとめた。俺が染井の目標？

「それはないだろ。むしろおまえが俺の目標だろ、染井」

しかし、そういえば染井が自分をどう見ているかを考えたことはなかった。たぶん、そんな余裕などなかったから。

「及川、おまえ、気づいてないと思うけど自己評価低いんだよ。だから今までもたぶん損してるよ」

「越えられない壁がいつも目の前にあるのは感じてるよ」

おまえのことだけどな、という言葉が喉元《のどもと》までせりあがってきたので、メンマと一緒に呑《の》み込んだ。

「越えられない壁ってのは案外、自分が思い込みで作ってるだけってこともあるんだよ。壁を見上げてばかりだと首が疲れるだけだ。たまには見方や挑み方を変えてみろ、意外とその壁が脆《もろ》かったことに気づける場合もある」

なんだかよけいなおせっかいだなと思いながらも、

「そうだな。じゃ、今度、壁の下に起爆剤でも仕掛けてみるか」

冗談まかせに適当に流していると、染井が箸を置いて言った。

「おう、俺が今から着火剤をやるよ」

「あ?」

庸介もラーメンを掬う手をとめた。

「悔《くや》しくて黙ってたことあるんだけどさ。そろそろ告知解禁になるから俺から喋《しゃべ》らせてもらうわ」

「なんだよ?」

見ると、染井はずいぶん神妙な顔をしている。

「もうじき食肉事業部の部長が大鳥部長に変わる」

「えっ?」

大鳥部長――俺の憧れの。

「本社に戻ってくるの？」

「らしいよ。だから、今回のウチの部の人事はあの人が主導で決めたそうだ。自分の下に置いておきたい社員をひそかにとり揃えたらしい。つまり、本社に残るほうが評価された。おまえが選ばれたようなものなんだよ」

「大鳥部長に……？」

にわかには信じがたくて、庸介は言葉をつまらせた。

大鳥部長が本社に来る、そして自分の上司になる――。

染井は続けた。

「俺さ、異動の話もらっておまえに勝ったつもりだったのに、それ聞いてちょっと悔しかったんだよ。地道に努力するタイプで、叩けば強くなる鉄みたいな男だって課長もよくおまえのこと褒《ほ》めてたしな」

知らなかった。そんなふうに評価されていたとは。

ふだん苦悩をあまり他人に見せない染井が、意外にも劣等感をもてあましていたことにも驚いた。が、

「いや、負けてないだろ、おまえは大阪支社の精鋭部隊に選ばれてるんだから」

やっぱり染井を超えられたとは思えず、言い返す。

「おう。もちろんだ。結局、俺たちはどっちも選ばれたんだよ、及川。だからお互いがんばろうぜ。で、いずれは出世して部課長会議で再会だ。……だろ？」

あまりに大胆《だいたん》な発言に、庸介は思わず噴き出してしまった。

「おまえ、それどんだけ大それた野望だよ」

「冗談でもこれくらいの意気込みがないとやっていけないだろ。俺は本気で上目指すけど」

「そりゃそうだ。俺も、やるからには上目指すわ」

言いながら、思いがけず目の奥が熱くなるのを感じた。これまでも、染井を見て自分自身を励《はげ》まし、奮《ふる》い立たせてきた。染井のおかげで今の俺だ。

笑いあって残りの肉味噌ラーメンを食べているうちに、懐《ふところ》にはただ染井への感謝の思いだけが満ちていった。

昼食を終えて食堂を出るとき、名残惜《なごりお》しそうにうしろをふり返る染井の姿を見ながら、庸介はふと、今年の夏に参加した同窓会の帰りに、みんなに飲まされてほろ酔いの祐ちゃんから言われたことを思い出した。

学生時代はずっと庸ちゃんに負けるのが怖くて、必死に頑張っていたのだと。庸ちゃんがいなければ、投げ出して楽になれたことがたくさんあったと。でも、遠く離れてしまった今は、競い合う相手がそばにいたことにとても感謝しているのだと――。

あのときはなにも深く考えなかった。

でも今、染井の本音を聞いて、追いかける身はつらいが、追われるほうの身だって実はおなじくらいにつらかったのかもしれないと、はじめて思ったのだった。

＊

午後二時半すぎごろ、食堂に見覚えのある男性社員がやってきた。

先日、味噌ラーメンをリクエストしに来た食肉事業部の及川庸介だった。

「あ、及川さん。おつかれさまです」

食洗器の中から乾いた食器を取り出して片付けていた杏子は、カウンター越しにこちらをのぞく彼に気づいて挨拶《あいさつ》をした。

ちょうどよかった。彼に頼みたいことがあるのだ。一度しか話していないが、食肉事業部にツテはないので、頼むなら彼にと決めていた。こちらから会いに行こうと考えていたのに向こうから出向いてきてくれるとは。

「今日はありがとうございました、味噌ラーメン。無理言ってすいませんでした」

及川は軽く頭を下げた。わざわざ礼を言いに来てくれたらしい。

「いえいえ。異動される方にごちそうできましたか？」

忙しくて見届けることはできなかった。

「ええ。すごく喜んでましたよ。ごちそうさまでした」

「よかったです。あの――」

杏子は気がせいて、矢継《やつ》ぎ早《ばや》に頼み事を口にしかけた。そのため、

「それで」となにか及川が続けたのを遮《さえぎ》ってしまった。

「あ、すみません。今なにか仰《おっしゃ》って……」

「いえ、先にどうぞ」

及川が堂々と譲《ゆず》ってくれたので、杏子はお言葉に甘えて先に切り出した。

「あの、食肉事業部って、お肉を輸入している部署ですよね？」

「ええ、そうですけど」と、あたりまえのことすぎてか不思議そうに彼は頷《うなず》く。

「精肉のほかに、生ハムとかウィンナーとかですよね？」

「ええ、けっこういろいろありますよ」

及川の表情が、ふだん取引先の人に向けているであろう仕事向けの引き締まったものに

変わった。

「どんな商品があるか、教えていただけませんか？　この社食で利用できないかなと思って」

「いいですよ。すでにこちらで扱ってもらってる物もあるはずですけど」

社食では藤丸物産が扱う商品を調理に使うことがある。杏子が目をつけたのもそこだった。

「新規で扱う予定の商品もいくつかあるので、紹介しましょうか？」

及川は前向きに言いかけ、まさしくそれが欲しいのだと杏子は思ったが、

「あ、でも俺、このあとちょっと外に出る予定なんで、今日は難しいですが」

腕時計をちらと見て時間を気にしながら言う。

「すみません、また今度、お時間のあるときでかまいません。……で、及川さんのお話は？」

杏子は申し訳なく思いながら促す。

「ああ、今日の味噌ラーメン、肉味噌入りでしたけど、なんでまたあれになったんですか？　最近ずっと見かけてなかったのに」

「えっ？」

杏子はきょとんとしてしまった。

話が通じていないと思ったのか、及川は続けた。

「あれは俺が入社して二年目くらいまでしかここで出されなかったと思うんですけど。今日は当時のラーメンが見事に再現されてて、ちょっと感動したんです。俺が食べさせてやりたかったのはまさしくあれだったんで。でも、どうしてドンピシャのを作ってもらえたのかと不思議で……」

礼を言いつつ、理由をたずねてみようと思って来たのだと及川は説明した。

「意見箱にそうリクエストくれたじゃないですか」

「リクエスト？」

今度は及川が首を傾《かし》げる番だった。

「俺は、ここに直接リクエストに来ましたけど」

カウンターを指さして彼が言う。

たしかにこの社員は口頭でも注文に来た。

「でも、『月末のラーメンは以前、出されていた肉味噌入りラーメン希望』って。及川さん、食肉事業部営業一課ですよね？」

「ええ、そうっす」

「…………」

ふたりしてけげんな顔でいると、

「それ、どういうことかわかったわよ」

会話を聞いていたらしいみゆきが笑いながらこちらにやってきて、及川に伝えた。

「今日の午前中にね、あなたとおなじ食肉事業部営業一課の社員から、二人前の味噌ラーメンの注文がキャンセルされていたの」

「二人前の味噌ラーメンですか？」

杏子は問う。社食のメニューはあらかじめ予約ができるシステムになっているが。

「そう。キャンセルした社員の名は染井翔矢さん」

「染井？」

及川が目をみひらいた。

「ええ、食べさせてあげたかった相手というのは、その方では？」

「……そうです」

「じゃ、もしかして意見箱にリクエスト入れたのは、その染井さん？」

なんとなく状況が読めてきて杏子が言うと、

「そうだと思います。あいつも今日、俺に味噌ラーメンを奢《おご》るつもりで……」

確信した及川も、「やられた」とばかりに口元を覆《おお》っている。

染井も、異動する前にふたりでもう一度、味噌ラーメンを食べようとしていたのだ。自分とおなじように、最後にあのラーメンを食べて別れたかった。だから最近、見かけなかった肉味噌ラーメンが提供されたのだ。

「なんだよ、染井……、ほんと、あいつには勝てないな……」

及川が試合に負けたときみたいに悔《くや》しそうな、でも、嬉しさを抑えきれない表情でつぶやく。

「お互いおなじことを考えていたってことなんですね」

仲の良い間柄なのだろう。心あったまる偶然に、杏子の顔もつられてほころぶ。

「……ありがとうございました。リクエストに応えてもらえなかったら、わからなかったことでした」

杏子とみゆきを見て、及川はあらためて礼を言った。

たしかに、もしも肉味噌ラーメンが提供されなければ、お互い気持ちはあっても伝わることなく終わったかもしれない。最後にふたりで一緒にラーメンを食べられてよかった。

「あいつにも礼を言っときます」

及川は、ここにラーメンを注文しにきたときに見せたような、はにかんだ表情で言った。

礼を言われた同僚の、照れた顔が思い浮かぶようだった。

第三話　ほうとう鍋を食べに

「部長、見てください」

杏子《きょうこ》はタブレットの画面を田貫《たぬき》部長に見せた。

「私たち、やっぱりパン食提供はあきらめたくないです。〈キッチン藤丸《ふじまる》〉でなきゃ食べられない逸品を考えてきたので、もう一度考え直してください」

「うむ」

部長はいささか気圧《けお》されたようだったが、すぐに画面に描かれた絵に視線を落とした。

食パンの上に敷かれたのはフレッシュなリーフレタス。その上に薄切りのパストラミポークが花びらのごとく可憐《かれん》にかさねられ、右サイドに並んだ輪切りの茹《ゆ》で卵の隙間からはセミドライトマトがきまぐれに顔をのぞかせている。

左サイドに塗り込まれたのはポテトサラダ。そこに輪切りのラディッシュが交互にあしらわれて食欲をそそるアクセントになっている。さらにフライドオニオン、人参《にんじん》スライス、かいわれなどが要所に彩りよく散らしてあって、とても華やかでボリューミーなオープンサンドである。

そのとなりにはカツサンドも描いてある。

真澄《ますみ》と梢《こずえ》と三人で考えたものを、杏子が絵にしたのだ。

「これはハムかね？」

部長がオープンサンドの絵の一部を指さして問う。

「はい。パストラミポークです。パストラミというのは塩漬けしたかたまり肉を燻製《くんせい》にして、粗《あら》びき胡椒《こしょう》やハーブなどの香辛料《こうしんりょう》をまぶしたスパイシーな燻製食品のことです。ここは生ハムと迷ったんですけど」

「スモーブローっぽい感じでいいね」

オープンサンドの絵を横からじっと見ていた料理長が言った。

「そうなんです、それを参考に、より料理っぽく見えるようにしました。使用するバターの種類やソースは料理長に調整してもらいたいです」

「スモーブローとはなんぞや？」

田貫部長が問うので、料理長が答えた。

「北欧の郷土料理ですよ。ライ麦パンの上に、魚介やチーズ、野菜類、なんでも好きな具を好みの組み合わせでのせて食べます。生ハムとかサーモンなんかが多いかな」

「生ハムやサーモンは贅沢品《ぜいたくひん》だから原価が高いのではないかね？」

部長が指摘する。やはりネックはそこなのだ。

杏子は言った。

「だからこそ、このパストラミなのです。こちらは、実はもうじき食肉事業部が新規で扱う商品なんですよ。営業さんに紹介してもらったんです」

「ほう、ウチの商品かね」

「こないだの及川君《おいかわ》？」

とみゆきが問う。

「はい。うちが海外から仕入れた原料肉をもとに国内で作られたパストラミで、熟練された職人が五感を研《と》ぎ澄まして仕上げたこだわりの品だそうです」

あのあと食肉事業部に行って及川と話し、新商品を見せてもらい、オープンサンドに使えそうなものを選んだのだ。仕込みのときにキメや締まりや脂質《ししつ》を厳しくチェックして、桜のチップでじっくりと貯蔵熟成させたもので、安価の割に高品質なのだという。

「自社取り扱い商品を使用、とアピールされれば興味や愛着が湧きません？　すでに肉や香辛料はいくつも使用してますけど社員は漠然《ばくぜん》としか知らないので、十分アピールポイントになると思います。これは〈キッチン藤丸〉でしか食べられません」

「興味はそそられるわね。見た目もきれいだし」

みゆきは乗り気のようだ。

「おいしそうでしょう、部長？　チーズやマヨネーズとの相性が抜群《ばつぐん》らしいから、ここにポテトサラダを挟んでみたんです」

真澄が部長の返事をせかす。

「こっちのはカツサンドかね？」

「はい。及川さんのまわりの営業さんに、どんな総菜《そうざい》パンを食べたいかって訊いてもらったんです。そしたら一位がカツサンドで」

「男はやはり肉なのだな」

「はい、でも、ただのカツサンドだとコンビニとおなじになってしまうから、揚《あ》げたての肉厚カツと、とろとろチーズを挟んだ変わりカツサンドです」

隙間には千切《せんぎ》りにしたキャベツも挟まっている。

「おお、これは僕も食べたいぞ」

部長はカツサンドをお気に召したようだ。

「私も作りたくなってきたな。杏子ちゃんたち、いろいろ頑張ったね」

料理長が感心する。

「はい。どうしてもパン食を実現させたいので。どうですか、部長？」

「うーむ。自社商品の入ったオープンサンドと変わりカツサンド。この二点なら勝負できそうかね、井口《いぐち》君」

「もうひとつ、こないだ案が出た、きのこグラタンのオープンサンドもせっかくなんで入れときましょう。秋らしく」

料理長が言うので、

「うむ。わかった」

と田貫部長は頷《うなず》いた。

かくして、パン食提供が実現に一歩近づいた。


その日、総務部広報課の平原沙由《ひらはらさゆ》が食堂フロアにやってきた。

隔月刊の社内報に掲載する料理の打ち合わせだ。杏子はついでにパン食の記事も載せてもらえないか、頼んでみることにした。

記事が宣伝になり、パン好きからの具体的なリクエストなども入ったりして、うまくいけば定番化させられるかもしれない。

「記事は全然小さくてかまいません。まずは興味のある社員さんに目をつけてもらえればそれでいいので」

自家焼き食パンで作ること、新規で取り扱う自社商品を使用していることなどを伝えてもらいたいのだと話したあと、そう言い足すと、

「パン食か、いいわね。ぜひ紹介してあげる」

沙由は快諾《かいだく》してくれた。彼女もパンは好きで、社食にあれば食べたいという。

女性のパン好きは多い。杏子は、パン食提供はかなり成功するのではないかと嬉しい予感を覚えた。


その後も杏子は、家で手作りパンの動画などを見て製作工程を勉強したり、カフェでオープンサンドやそれに近いものを食べ歩いて研究したりと、パン食実現に向けて日々、楽しく準備を調えていた。

ひとつの物事がうまくいくときは、たいていほかのこともうまく回る。けれどそれが永久に続くことはなくて、ひとつ歯車がくるうと、すべてが連鎖して一気に悪いほうへと傾

いて、立て直しを迫られる。

杏子の場合、そのきっかけがパートのみどりの存在だった。

食堂の営業時間が過ぎ、片付けも落ち着きはじめてパートの人たちが退勤するころ。

「わー、おいしそう。週末どっか行ってきたんですか、みどりさん」

食器洗浄機のほうから、真澄《ますみ》の明るい声が聞こえてきた。

「そうなの、ちょっと主人と日光《にっこう》まで行ってきたのよ。どうぞ」

「かわいい、これ、お猿さんの顔してる。いただきまーす」

見ると、みどりが差し出した箱から真澄がお饅頭《まんじゅう》を取っているところだった。日光東《とう》照宮《しょうぐう》の三猿を象《かたど》ったおみやげのようだ。

「このお猿は見ざるですよね？」

真澄が包みを剥《む》きながら言う。

「そうね」

「飯、食べてからにすれば？」

まかないを作るために冷蔵庫から豚バラ肉を持ち出してきていた渚《なぎさ》が、通りすがりに言う。

「えー、お腹減ってるんだからいいじゃん」

「渚君も貰《もら》ってって、三猿。どれでもいいわよ」

と、みどりが渚に箱を差し出す。

「あ、いただきます」

「料理長の分も。梢ちゃんもいらっしゃい」

みどりは、そばでスチコンの天板を抜き出していた梢にも声をかける。

でも、杏子には声がかからない。たしかに一番、離れたところにいたけれど。

「…………」

杏子はなにも聞かなかったふりをして、鍋《なべ》を洗う手を動かしつづけた。

これまでにもパートの人たちからの差し入れは何度もあって、とくになにも考えず、厚意に甘えていただいていた。うろ覚えだが、たしかいつもああして、配る人がそばに来て声をかけてくれたから。もしくは取り置いてもらえていた。とにかく、貰えないようなことはなかったと思う。

梢が加わって、三猿の表情で盛り上がっている。

杏子だけがひとり、離れ小島状態である。いたたまれないので、ホールのテーブル拭きをすることにした。どのみち自分の担当だ。さすがにホールのほうにいれば、声がかからなくても悩まなくて済む。

「あ」

ホールに向かいかけると、ちょうど田貫部長がやってきた。

料理長との打ち合わせだろう。すれ違い際に「おつかれさまです」と挨拶《あいさつ》をしたが、なぜかかすれて頼りない声になった。

「お疲れさーん」

いつも通りの呑気《のんき》な挨拶が返ってくる。悩みのなさそうな部長が羨《うらや》ましかった。

すべてのテーブルを拭き終わって厨房《ちゆうぼう》に戻ると、もうパートの人は残っておらず、ついでにお饅頭の箱も見当たらなかった。

作業台の下のゴミ箱に目をやると、空箱《からばこ》が捨てられているのが見えた。つまり、杏子は貰えずじまいだった。

べつにお饅頭が欲しいわけではない。ただ、みなが貰ったものを自分だけが貰えないというのはなんだかせつない。

厨房内には肉や麺を炒《いた》める香ばしい匂《にお》いが漂っている。

「お腹すいた。渚、ご飯まだ?」

まかないの焼うどんを作っている渚の横で真澄がせかす。

「もう少しだよ。そっちに皿並べて」

「真澄ちゃん、持ってきてくれたお茶の葉どこにやった？」

休憩《きゅうけい》時間に飲むお茶の支度《したく》をしていたみゆきが問う。

「あ、ホワイトボードの下のとこに置いときましたけど」

「ああ、あったわ。ありがとう」

みんな、お饅頭のことなどすっかり忘れているふうだ。もちろんその程度のことだと杏子も思う。数が足りなかったから、その場にいなかった杏子は貰い損《そこ》ねた。ただそれだけのことだ。気にするほどのことでもない。

「杏子さん、焼きうどんできたよ。あっち運ぼ」

湯気のたつ皿を両手に持った真澄が言う。

もっちりしたうどんと、野菜の切れ端と豚バラ肉、それにイカが一緒に香ばしく炒められたうちのまかないの定番で、杏子の大好物だ。

「うん」

上にのせた鰹節《かつおぶし》のいい香りが漂ってくるが、なぜか今日は、さっぱりそそられなかった。

翌日。

食材の下処理が済み、パートの人たちが出勤してきて野菜の切込みや成形作業に入る時間帯。

担当の副菜を作るために冷蔵庫から材料を取ってきた杏子は、まな板の上にそれを並べて切りはじめた。

今日の副菜はベーコンと豆のサルササラダで、細かく刻んだ玉ねぎを、ベーコンとミックスビーンズであえるだけのシンプルな副菜だ。玉ねぎの苦みは調味料と和《あ》えれば和《やわ》らぐが、それでも苦手な人のために、切り刻んだ玉ねぎは事前に水にさらすことになっている。

となりの作業台で野菜切りをしている真澄と梢が、その向かいでつくねバーグを作っているパートの人たちと喋《しゃべ》っている。

お饅頭の件以降、スタッフみんなの動きが気になるようになった。

「ペットボトルやお弁当のパックはわかるよ、大きなものだし、集め甲斐《がい》もあるしさ。でもお弁当ん中に入ってた醬油《しょうゆ》の小袋にまでチェック入れるのはどうなの、あんなの食べ残しやバランと一緒に燃えるゴミに捨てちゃうおじいちゃんおばあちゃんのほうが多いわ、昔は全部燃えるゴミだったんだから」

パートのみどりが言うと、

「ああ、たしかにあれにもプラマークついてますよね」と梢。

「そうでしたっけ、あたしちっとも気づかなかった」と真澄。

「そんなもんでしょ。ご長寿の老人相手にさすがに細かすぎだっての。せっかくお弁当食べてお腹いっぱいの幸せだったのに、みんな怒鳴られてしゅんとなっちゃって可哀《かわい》そうだったよ」

ケアハウスのイベントでプラごみの分別が至難《しなん》であったことについてを愚痴《ぐち》っているようだ。愚痴といっても口調は明るい。

杏子はそちらに耳をそばだてながら、黙々と玉ねぎを切り刻む。今まで他人の会話になど、いちいち聞き耳など立てたりしなかったのに、どうも気になってしまう。

作業を続けながら、みんなはまだ世間話で盛り上がっている。

「そういえばこないだ、みどりさんが言ってた精進《しょうじん》料理カフェ行ってきました」

真澄が思い出したように言った。

「ほんと？　おいしかった？」

「おいしかったですー、抹茶《まっちゃ》味の和風パンケーキを食べたの。粒あんとか白玉とか生クリームがトッピングされてるやつ」

「そうそう、うちも食べたわ。めっちゃおいしかった」

梢が同意する。いつのまにか、そんなお店の話が出ていたらしい。

「お料理も素朴《そぼく》でいいんだよ」とみどりが言う。

「そうなんですか？　えー梢ちゃん、また今度食べに行こうよ」

真澄が誘うと梢が「ええよ」とＯＫする。

「野菜中心なのに全然豪華でびっくりするわよ」と別のパートが言う。

「うちでも出したらいいかもね、精進料理」

みどりが提案すると、

「あーそうですよね、カロリー気にしてる社員多いし。コダヌキ部長とか毎日食べれば小太り解消できるんじゃないの」

真澄が言うと、みんながあははと笑った。

自分のいないところであんなふうに会話が盛り上がるのは、これまでにもふつうにあった。たまたまその場に自分がいなかっただけのことで、なにも会話に入れてもらえないわけでもない。いつもの景色だ。

でもなんだか溜息がつきたくなって、杏子は小さく息を吐きだした。

細かく刻んでいるうちに、まな板の端から玉ねぎがこぼれおちそうになるのに気づいて、あわてて包丁の刃を使って寄せ集めた。

「杏子さん、どうしたの？　目、真っ赤やで」

唐揚《からあ》げのタネが入ったボウルを料理長のもとに運びにきた梢が、ふと顔をのぞきこんで言った。

「そう？」

とっさに手の甲でまなじりを拭《ぬぐ》った。目が潤んでいるような感覚がなくもなかった。

「玉ねぎのせいだよ。今日のやつ、すごく染みてさ……」

鼻の奥がつんとして泣きたくなるような感覚はあったけれど、実際に玉ねぎが染みているという自覚はなくて妙な感じだった。

「ああ、たまにひどいやつあるよな。代わろっか？」

梢はまな板の上の玉ねぎと、杏子の顔を見比べて言う。

「ううん、もう終わるから大丈夫。ありがとね」

梢の厚意にずいぶん救われた心地になりながら、杏子はすん、と鼻水をすすりあげる。

それからもう一度、滲《にじ》みかけているような気がする涙をぬぐい、まな板の上に膨《ふく》れあがったみじん切りの玉ねぎを、水のはったボウルに静かに流し入れた。

ランチタイムが過ぎて、午後一時半ごろにパートの人たちが退勤していくころになると、厨房内の人の数が減って、なんとなく感じていた息苦しさがやわらいだ。

杏子はいつものようにホールのテーブルを拭く作業に移った。

カウンター席を端から順に拭きながら、ふと手をとめて、窓の外の景色を眺める。

東京湾岸沿いのビルの建築群と、少しけぶった秋の空。いつもと変わらない風景が広がっている。

毎日のようにこのカウンター席に座って食事をする、経理の小西遥《こにしはるか》のことが思い出された。彼女が待っている景色。捺乃《なつの》先輩が言っていた、息をするのも忘れるほどにきれいで、希望に満ちた眺めとはどんな景色だったのだろう。

私も見てみたいな……。

話を聞いたときは単なる好奇心にすぎなかったけれど、今は無性にその景色に出会いたかった。

その夜、杏子はまっすぐ日暮里《にっぽり》のアパートに帰った。

明日は土曜なので会社は休みだ。週末はゆっくり家で過ごそうと、部屋着に着替えながら思った。

大して食欲もなかったので、夕食は適当に豚肉を焼いて既製品のたれをかけ、レタスとかいわれを混ぜたサラダと一緒に食べた。

スマホを見ながらお茶漬けも少し食べた。

空《から》になった食器はそのままに、たまたま流れていた旅行関連の動画を見かけたものの、どうでもよくなって消した。

それからなにもする気になれず、ベッドに横になった。

十月初旬《しょじゅん》。昼間はまだまだ暑いが、夜になると肌寒くなる。

上着を羽織《はお》るのが面倒で、布団に潜り込んだ。ついこないだまで日が暮れても暑かったのに、もう秋なのだなと思った。

まだ風呂に入っていないのに、それきりしばらく、布団の中で枕に顔を押しつけてうずくまっていた。

動きたくない……。

いつもなら嫌々でも腰をあげてお風呂に入るのに、今はまったく動けない。なにもしたくない。

なにかが自分の中でしっかりと根を張っている。なにかはよくわからないけれど。さっきサラダを作るときに触っていたかいわれの根っこみたいに、あのぎっしりと綿に食い込んだ根と同じように、杏子をがんじがらめにしているのだ。いつもの感覚を取り戻したいと思うのに、足が動かない。

来週から、会社に行きたくないな。

はっきりとそう思った。仕事が面倒で休みたいと思うことはときどきあるが、今回は嫌の種類が少し違う。

でも、ここでさぼったら自分の弱さに負けたような気がするからだめだ。給料だってもらっているのだし、急に休んだらみんなが困る。

そう思いながら布団から出ようと半身を起こすと、突然、スマホの着信音が鳴ってびくりとした。

見ると真澄からだった。明日は休みなのにどうしたのだろう。

「もしもし」

できるだけ、ふだんの調子の声を作って電話に出た。

『あ、杏子さん？　真澄だよ。こんばんは。今、話しても大丈夫？』

いつもの明るい真澄の声がした。

「大丈夫だよ。どうしたの、真澄ちゃん」

『あのさ、急で悪いんだけど、明日、あたしの代わりに渚と山梨に行ってくれない？』

「えっ」

渚君と？

たしかに少し前のミーティングでそういう話になっていた。

来月、社食のご当地フェアは山梨が取り上げられる。提供されるメニューは、ほうとうと、さんまめし、鶏《とり》もつ煮に決まっているが、本場のほうとう鍋《なべ》を食べたことがないらしい渚は、個人的に山梨に行って味をたしかめたいという。

そこに真澄が「ヒマだからあたしも行く」と言い出し、今週末にふたりで味見に出掛けることになっていた。

「ほんとに急だね……。真澄ちゃん、なにかあったの？」

ひとまず理由をたずねる。

『そうなの。パパがさあ、明日、藤丸物産の役員たちとゴルフ行くんだけど、あたしにも来てほしいって急に言い出したの。秘書の女の子がひとりドタキャンしてきたらしくてさ。花が減るから代わりが欲しいって言ってきかないの。勝手もいいとこよね』

真澄はいくらかご立腹のようすだ。

「役員とゴルフって、すごいね、真澄ちゃん」

気遣わしい相手だらけで大変そうだ。

『仕事だと思って来いとか言われちゃって断れないの。こっちだって仕事なんですけど、まあ渚に集《たか》るだけの半分遊びみたいなもんだから強くは言えなくてさ。楽しみにしてたのにショックよ。……で、渚がひとりぼっちになってさみしがるから、代わりに杏子さんに行ってもらいたいなと思って』

「渚君、ひとりでさみしがるかな？」

もともとひとりで行くつもりのところに真澄が便乗しただけなので、全然平気そうに思えるのだが。

『いいからお願いっ、無理やりあたしの分の指定席も取らせちゃってるからさ』

「そうだったね」

わりと強引に押し切る形ではあった。渚ももちろん、ひとりで行くより楽しいと思ったから同意したのだろうけれど。

『大丈夫、電車代やお食事代は渚が全部払うから』

「それは申し訳ないからいいよ」

〈食道楽《しょくどうらく》〉でもなぜか毎度、奢《おご》ってもらっていたりする。

『冗談よ。杏子さんの分はちゃんとあたしが持つから。とにかく杏子さんは山梨に行ってあたしの分のほうとう鍋を食べてきて。ねっ』

「………」

杏子は少し考えた。

このまま明日もひとりで家にいても退屈で、さらに動きたくなくなってしまいそうだ。出掛ければ、本調子に戻れる気がする。今だって、明るい真澄の声を聞いているうちに少し元気が出た。

渚は意外と思考がポジティブな人なので、一緒にいて気持ちが沈むことはなさそうだ。変におしゃべりでもないから、今の自分にはちょうどいいだろう。

本場のほうとう鍋も食べてみたいし。

「わかった。行くね」

杏子はしばし考えたのち、代わりを引き受けることにした。

翌日。

「あれ、どうしたんですか、杏子さん」

真澄に言われたとおり、待ち合わせ場所である新宿《しんじゆく》駅の改札に行き、渚を見つけたので寄っていったところで、彼が目を丸くしてそんなことを言った。

「え？　真澄ちゃんの代わりで来たんだけど……」

「綾瀬《あやせ》はどうしたの？」

　渚はきょとんとしたまま問う。

「渚君、連絡なかったの？　パパのゴルフに同行しなきゃいけなくなったんだって。で、渚君がひとりぼっちになって寂しがるから行ってあげてって昨夜電話が……」

「なにも聞いてません」

　なに言ってんだあいつ、と首をひねりながら、渚がスマホから真澄に電話しだす。

　渚の私服姿は今回もキメすぎないきれいめカジュアルで、はたから見たら爽《さわ》やか好青年なのだろうと杏子は他人事《ひとごと》ながらに思った。

　電話はすぐに繋《つな》がったようだ。

「おはよう。いまどこ？」

　渚が問う。べつに怒っているようすはない。

　たぶん、『おはよー、今、八王子《はちおうじ》のゴルフ場。渚は新宿？　杏子さん来てる？』みたいな返事が来たのだろう。

「来てるよ。……うん。別にいいけど、おまえ、ちゃんと俺にも連絡してくれよ」

渚がやれやれと肩をすくめて返す。

その後、どんな会話かはわからないが、二、三の言葉を交わしたあと、

「――――」

渚の謎の沈黙があった。真澄がしゃべり続けているというよりは、渚がなにかを少し考えているような意味深な間だった。

それからほどなくして「うん、わかった」と彼がふだん通りの声音《こわね》で告げて通話は終わった。

「真澄ちゃん、なんて？」

気になって問うが、

「問題ないです」

渚はスマホを尻のポケットに突っ込みながら、淡々と言った。問題があっても、おそらく黙っているタイプだが。

「どうします？　せっかくなんで一緒に山梨行きます？」

念のため意志の確認を、といった顔で伺《うかが》いをたててくる。

「うん。そのつもりで来たし。……なんか、私ですいませんって感じなんだけど」

食事代は自腹のつもりだが、電車代は真澄がもってくれることになっているので恐縮で

ある。

「全然いいですよ。じゃ、行こう」

渚は少しほほえんだ。

ふたりで木更津《きさらづ》に行ったときのようなくつろいだ表情だったので、杏子もほっと和《なご》んだ。


山梨へは、新宿駅からJR中央線の特急列車かいじ甲府《こうふ》行きに乗って一時間半ほどで到着した。

渚が選んだ店は、甲州《こうしゅう》市勝沼《かつぬま》にある〈吉成《よしなり》〉という老舗《しにせ》のほうとう専門店だ。内部に少し改築をほどこした、築百年を超える二階建ての古民家だった。

中に入ると、梁《はり》の通った天井は高く、ほの暗い土間の部分にテーブル席がいくつかと、そこから上がり框《かまち》を隔《へだ》てて続く畳《たたみ》の間には座敷席があった。

杏子は、案内されたとおりに渚とふたりで畳の間に上がり、座敷席に落ち着いた。

時刻は十一時と少し早めだが、ほかの席も家族連れやカップルで埋まっていた。

太く立派な柱や板戸には、ここに流れた月日を思わせる古民家特有の趣《おもむき》があった。

歴史のある名店のようで、代々、店を支えてきた人々の写真が額縁に飾られている。

お品書きを見ると、ほうとうにもいくつかの種類があった。具材として野菜のみのものをはじめ、豚肉入り、鶏肉入り、卵入りなど。

ほかに、馬刺《ばさ》しや鶏もつ煮などの単品料理があった。どちらも山梨の郷土料理である。

「鶏もつ煮は、今度うちらがご当地フェアで出すやつだよね？」

「うん。鶏もつ煮は頼むとして、馬刺しはどうします？」

そういえば、ミーティングのときに郷土料理のひとつとして話題になった。

「馬肉って熊本県のイメージなんだけど」

「ほかにも長野とかありますよ。このあたりは甲州街道で人馬の行き来がさかんだったし、富士山の信仰登山もあって、登山者の荷物を運ぶために馬がたくさん飼われていたので馬肉文化が発展したらしいです。食べますか？」

渚はそのつもりで訊いてくるが、杏子はあまり食べたくない。

「おいしいの？　なにをつけて食べるのかな」

「しょうがとか、にんにく、ねぎ……そのへんの好みの薬味と醬油《しょうゆ》でいただきます。俺はワサビで食べるのが好きだな。味は牛肉に近いけど、臭《くさ》みというか、クセが少なくてさっぱりしてますよ。カロリーが低いわりに栄養価は高くて、体にもいいし」

「私、生肉はちょっと……」

焼けば食べられそうだが、生食はどうも抵抗がある。

「いつもの食わず嫌いだな」

渚が苦笑しながら、ちょうど注文を訊きに来た店員に鶏ほうとうと鶏もつ煮を頼んだ。

杏子もきのこ入りほうとうを注文した。

広縁《ひろえん》からは手入れの行き届いた秋の庭が見渡せた。もみじや池に浮かぶ蓮《はす》の葉は少しずつ色づきはじめている。

緑茶を飲みながらそれらの景色を眺めていると、

「食肉事業部の営業マンとは、いつオープンサンドの打ち合わせをしたんですか？」

渚がだしぬけに訊ねてきた。

「及川さんと？」

渚は無言のまま、そうだと頷《うなず》いた。

「今週のはじめ。私が仕事終わったあとに食肉事業部に会いに行ったの。そしたらちゃんと資料をいろいろ揃えておいてくれて、説明もびっくりするほどにわかりやすくて、あっという間に決められたわ。商売上手《じょうず》な人だなって」

「話が合ったからなんじゃないですか？」

「それもあるかもね。及川さん、名古屋《なごや》出身らしくて、おなじ愛知県民だから、なんだか親近感湧いたな」

「名古屋飯の話で盛りあがったり？」

「そうそう。――って、なんで知ってるの？」

「同郷の人間どうしって、一度は必ずご当地グルメの話で盛り上がるからね。……というか、あの人、名古屋出身だったのか」

「そう、味噌カツがね、あのおいしさってあんまり他県の人には理解してもらえないよねって話で盛り上がったんだ。渚君は食べたことある？」

「ないです。興味はあるけど。……たしかおでんにも味噌つけるとか」

「そう。うちはそれがあたりまえだったけど、こっちの人はありえないって」

「個人的にはありえないな。でも味噌と相性のいいものが一定数存在するのはわかります」

「及川さん、ご当地フェアでいつか愛知県が来るのを楽しみにしてるんだって。味噌カツ定食を期待してるからって。だから、お礼代わりに近々、実現させてみせますって言っておいた」

「ふうん」

　渚はそれきり、どうでもよさそうに外の景色に視線を移して黙り込んだ。

自分から彼の話題を持ち出したわりに、なにか悪いことでも言ったかと自分の言葉をふり返りたくなるくらいにはそっけない態度だったので、妙な心地になった。

ほどなく、鶏もつ煮が運ばれてきた。

鶏もつ煮は、鶏のもつ、レバー、砂肝《すなぎも》、はつ、ひも、きんかん（生まれる前の卵）を甘醬油だれで煮込んだものだ。レタスを下敷きにそれが盛られ、ししとうも添えられている。

「いただきます」

渚が先に箸《はし》をつけた。

「杏子さんもどうぞ」

「ありがとう。いただきます」

照りのきいたきんかんをひとつ食べてみると、黄身を凝縮したような旨味《うまみ》と甘辛《あまから》い醬油風味が混ざりあっておいしい。

「ご飯に合いそうな味だね」

「料理長は丼《どんぶり》にしてもいいとか言ってました」

「前の日から煮込んでおくの？」

「これは短時間で一気に強火で調理するらしいです。あとは味をいかにそれらしく仕上げるか。料理長はああみえて試作の鬼だからな……」

渚がかすかに苦い表情を見せた。納得いくまで何度でも作り直すらしい。

「渚君もそういうタイプでしょ？」

「あの人は俺よりもさらに厳しい尺を持ってますから」

ふだんのあの陽気で飄々《ひょうひょう》とした人柄からはあまり想像がつかないが、渚の敬服ぶりからすると料理長の職人としての器《うつわ》と技量は相当なものなのだろう。実際、料理長が入ってから、社員食堂の喫食率《きっしょくりつ》はかなり上がったという。

「もう食べないんですか？」

レバーをひとつ食べたきり、箸を置いたのに気づいて渚が問う。

「……うん。臓物系の料理はどうも」

「この砂肝の部分とか歯ごたえがあって美味《うま》いですよ？」

「そこらへんが特に無理なのよ」

杏子は漠然《ばくぜん》とした抵抗をおぼえて遠慮《えんりょ》する。味付けはいいけれど、モノ自体の味はおそらく楽しめない。食感と先入観の問題だろう。

「杏子さんはその食わず嫌いを直すべきだな。おいしい食べ物との出会いを逃して、だいぶ損してると思いますよ」

「それ、木更津でも言われたわ。出会いを逃すって、なんか耳が痛いんだけど」

「そうそう、恋愛にもおなじことが言える。いらぬ先入観や条件をもうけて選《よ》り好みしていては、いつまでたっても良縁に恵まれない」

「よけいなお世話です」

杏子は渚に負けた気がしてくやしくなって、仕方なくハツを食べてみた。

「あ、ここは意外と食べられるかも」

食感は微妙でも、意外と臭みは少なかった。

「ほらね。ひももどうぞ」

「ひもはさすがにいらない。小腸でしょ？」

「だからその食わず嫌いが良縁を遠ざけてるんですよ」

「ひもとは結婚したくないからいい」

不毛な押し問答しているうちに、頼んでいたほうとうが運ばれてきた。

「おまたせしました」

どっしりとした鉄鍋《てつなべ》に、幅の広い麺と、たくさんの野菜が入っている。汁は味噌ベースだ。

「だしは昆布《こんぶ》と……ほかになんですか？」

渚が鍋に箸をつけながら店員に問う。

「うちは鯖《さば》、煮干し、あごだしなんかでやってます。化学調味料はもちろん一切使ってないですよ。毎朝とるんです。味噌も昔ながらの麦麴《むぎこうじ》で作った自家製です」

「一から作るんですね」

杏子も実家で母が味噌を手作りしているので、自家製の味を知っている。大豆と麴と塩だけでできた、無駄な化学調味料の入っていない味噌は驚くほどに美味だ。まろやかで奥行のある味噌のふくふくとした旨味と芳醇《ほうじゅん》な香りが鼻に抜ける。

「うちも味噌を作っておくべきだったかな」

渚がつぶやく。

「今からじゃ無理よね。せめて出汁《だし》にお金をかける？」

「そうします」

火の通りにくいものから順番に煮込んでくだけの簡単な料理だ。だからこそ、出汁には手間をかけてより深みのある味わいを創り出したい。

「きのこがたくさん……。ほんとに野菜が豊富ですね」

杏子は箸の先でそっと中身を鍋底のほうから掬《すく》い上げてみる。

かぼちゃは大きめで存在感がある。そこに丸のままの椎茸《しいたけ》や、しめじがたっぷり入っている。

なりますよ」

「ほうとうの具は野菜が中心でね、夏は葱《ねぎ》や玉ねぎ、じゃがいもでしょ、冬だとかぼちゃや里芋《さといも》、人参《にんじん》、白菜、きのこ類を入れるんです。豚や鶏を入れるとまたいっそうおいしくなりますよ」

「群馬の名物の『おっきりこみうどん』と似てますね」

渚が言う。

「幅広の麺を野菜や肉と一緒に煮込む点はおなじですね。でもあちらは、元は醬油味《しょうゆあじ》ですから。あとはかぼちゃが入っていないですね。どちらも麺に塩が入ってないです。だから麺の下ゆではしなくていいんです」

「ああ、それで小麦粉や芋《いも》類の澱粉質《でんぷんしつ》が溶け込んで、この味になるのか」

渚が具材の旨味がしみ出した汁を味わいながら言う。

「ほかにも大分のやせうまとか、だご汁とか似たようなのがありますね。まあ、あれは麺ではなく、薄くつぶして手でちぎって汁にいれて作ってますけど、すいとんみたいな感じで。名古屋のきしめんなんかも見た目は似てますね」

「あ、きしめんに似てると思いました」

杏子は言った。あれを味噌煮込みうどんにしたらほうとうに近くなりそうだ。

「熱いので気をつけて、ゆっくり召し上がってください」

店員がにこりと笑って席をたった。

「おいしい……」

熱々の麺はもちもちして食べ応えがあって、甘くほっくりしたかぼちゃと合わせて食べると蕩《とろ》けるような旨味が口内に広がった。

「そういえば及川さんが、名古屋の味噌煮込みうどんは泥のうどんみたいだよねってお得意さんに言われてショックだったって言ってた。私もそれ聞いてショックだったな。赤味噌を泥ってひどいよね、おいしいのに」

「及川さんね……、もしかして好みのタイプでした？」

味噌煮込みの話はきれいに聞き流して、渚がそんな問いを投げてきた。

「……とくに考えたことなかったけど」

そういえばほどよい年上だし、頼りがいもありそうで理想的ではある。単に仕事相手として話しただけなので、とくにぴんとはこなかったが。

「なんでそんなこと訊くの？」

「今日は及川さんの話が多いなと思って」

渚はほうとうを食べながら淡々と言う。

「………………」

なんだか責められているみたいだ。はじめは自分から話題にしたくせに。

「感じのいい人だと思ったよ。食わず嫌いはやめて、挑戦してみよっかな。どうかな、及川さん」

少し、やけになって訊いてみた。

「あの人は、たぶんいい男ですよ。目的に向かってひたむきに努力しそうなタイプだ。顔つきや、実は堂々としている態度からして仕事もできるでしょうし。そうそう、田貫部長曰《いわ》く、食肉事業部営業一課って本社じゃ売り上げナンバーワンで、敏腕《びんわん》の営業マンが揃ってるすごいとこらしいです。俺が女なら自分から誘って食事に行くレベルだな」

「そこまで？」

「あくまで俺の見たてですけど」

男性がいいと思う男と、女性がいいと思う男は微妙に違う。

「……渚君は、私に及川さんを勧めたいの？」

杏子は、木杓子《きじやくし》で掬った汁をおいしそうに味わっている渚に問う。

「というより、あの人の魅力に気づけなかった杏子さんの、男を見る目のなさを心配してます」

わりと真顔で返された。

「よけいなお世話なんですけど」

もしやその通りなのではと、恋愛経験に乏《とぼ》しい杏子はいささか不安になった。


甲州はワインとぶどうの聖地だ。

〈吉成〉を出たふたりは、勝沼でぶどう祭りが催《もよお》されているという真澄の情報を頼りに、その会場に向かうことにした。試飲《しいん》用のワイングラスを購入すれば、ワインを好きなだけ試飲できるという。

勝沼ぶどう郷《きょう》駅前からシャトルバスが出ていた。

お祭りの会場は、歩けないほどでもないが、なかなかの混雑ぶりだった。

公園広場の奥の散策路に沿って、地元のワイナリーがずらりと出店し、自前のワインを試飲用に開放している。

ワインのほかに飲食ブースも軒《のき》を連ね、小麦粉や肉の焼ける香ばしい匂《にお》いが漂っていた。ステージイベントやパレードも行われていて賑《にぎ》やかだ。無料のワインやぶどうジュースには長い行列ができていた。

渚はぶどう農家のブースに立ち寄った。

つやつやで新鮮なシャインマスカットや巨峰《きょほう》などが、化粧箱《けしょうばこ》に入れられて並んでいる。

「これ、皮ごと食べられるんだよね」

杏子が、宝石を思わせるほどにきれいな黄緑色をした大粒のシャインマスカットを見ながら言うと、

「そう。甘くておいしいですよ」

販売員が勧めてきた。お値段はどれもひと房千円以上。高い。

でも、鮮度と粒の大きさ、それにここまで育てるのにかかる手間を考えたら決して高くはない。杏子も実家の両親が地道に、丹精込めて花卉《かき》を育てる姿を見て育ったので、生産者の苦労はなんとなくわかっているつもりだ。

渚はひとつひとつの房をじっと眺めて品定めしている。

「買うの？」

杏子が問うと、渚は頷《うなず》いた。

「綾瀬のおみやげ用。朝採りのやつを食べたがってたから」

「そっか。私もお礼にワインでも買おうかな」

今日は重役のおじさんの相手をしながらゴルフコースを回って、疲れたことだろう。

ここに来られなかった真澄のことを考えて、ちゃんとおみやげを用意してあげるなんて、

気がきく人だなと販売員にお金を渡している渚を見て思う。

その後、ワイナリーのブースを試飲しながらゆっくりひと巡りして真澄に渡すワインを選んだあと、厨房《ちゅうぼう》のみんなにも差し入れを買っていこうということになり、甲州のおみやげを並べているブースに寄った。

箱に並んだお菓子を見ると、みどりが配っていた日光のお饅頭《まんじゅう》のことが思い出された。差し入れはふつう、全員に渡るよう頭数を数えて買ってくるものだ。みどりなら、そのあたりは心得ているはずなのに。

もしかして、わざと少ないのを用意したのかな――。

まさか。そんなわかりやすい嫌がらせ、いくらなんでもしないだろう。それに、嫌がらせをしたところで何になると言うのだ。こんなふうにみどりを疑うほうが卑屈《ひくつ》で、彼女に対しても失礼だ。

でもあの出来事が、意外といつまでも自分の中でわだかまっていることに気づいた。

明日からまた仕事で、パートの人たちと顔を合わせなければならない。そう考えると、少し気が滅入《めい》った。

お菓子の代金は渚が払ってくれた。「ワインは重いから俺が」と言って渚が持ってくれていたので、杏子は代わりにお菓子を受け持った。

見ていると、明日のことがちらついて煩《わずら》わしいので、隠すように手提げの中に押し込んだ。

午後三時半を回るころ、数人の順番待ちだったお手洗いから杏子が戻ると、別れた場所に渚の姿がなかった。

どこ行ったの？

杏子はあたりをきょろきょろと見回すが、どこにもいない。

背が高いほうだから見つけやすいはずなのに。

会場は相変わらず人であふれ返っている。とくにワイナリーのブース付近は人の流れが交錯《こうさく》してまだまだ混み合っている。

渚が、まさか自分を置いて帰ってしまったなんてことはないだろう。もしそうだとしても、べつに子供でもないのだからひとりで帰ればいいだけだ。

にもかかわらず、妙に不安定な気持ちになった。

ひとりになりたくない――。

迷子のように、知らない人の群れの中に必死で渚を探しながら、気づくと、来たときに通ったぶどう棚《だな》の下まで来ていた。

電話をしてみればいい。

そう気づいて、スマホをさがそうと手提げの中をまさぐる。

鼓動が嫌な感じでどきどきと高鳴っていた。息をするたびに、胸が重たくなっていく感じがする。たぶん、厨房用のおみやげを買ったあたりからおかしくなっていた。それを手提げの中に隠したときから。

疲れているのだろうか。元気になろうと思って山梨に来たけれど、逆効果だったのだろうか。

このところずっと、自分でもなにかに追いつめられ、悪いものが胸にくすぶっている感覚はあった。でもどうすることもできなくて、ただ堪えて過ごすしかなかった。

スマホの画面をひらいて、渚に繋《つな》がる画面をすがるように探す。

おねがい、早く出て。

祈りながら、じっと呼び出し音に耳を澄ましていると、あいたほうの手の指をすいとすくわれ、手を繋がれた。

「ここだよ」

見ると、渚だった。おだやかな笑みをたたえて、すぐ隣に並んでいる。

「渚君……」

杏子はほっとした。見慣れた渚の顔を目にしたとたん、不安と緊張が一気にとけた。

「また、泣きそうな顔してるな」

軽く瞳をのぞいた渚がつぶやく。

「また？」

杏子は脱力感をおぼえながら、スマホを手提げの中にすとんと落とす。

「杏子さん、最近、よくそんな顔をしてます。こないだも、厨房でサルササラダを作っていたとき、つらそうだった」

「あ……」

ちょうどお饅頭を貰《もら》えなかった日の翌日のことだ。見られていたらしい。

「あれは、玉ねぎが目に染みて……」

「いや、なにか泣きたいほどにつらいことがあったんです。コンタクトをしていると、玉ねぎって目に染みないんですよ、膜《まく》があるから」

「そうなの？」

渚は杏子がド近眼なのを知っている。

「まったく染みません。俺もコンタクトのときは泣いたことない」

「知らなかった……」

渚の視力が悪いことも、玉ねぎのことも。そして自分が泣きそうだったことも。

「だから、なにかがあったんだろうなと」

　渚はそう言ってぶどう棚の下を歩き出す。

　たしかにあった。杏子も手をひかれるままに歩きだし、考える。あまり意識しないようにしていただけで、実はわかっていたのかもしれない。

「パートの人たちかな」

　思い当たることといえば、それしかない。

「みどりさんか。……料理長も気にしてました」

　渚自身も、すでに全部見抜いているような顔をしている。

「うん、たぶん……」

　はじめは小さな不安の種だったのが、いつのまにか自分の中に静かに根を下ろしていた。

　渚はじっと黙って、杏子が話し出すのを待っている。

　なんでもないと言って逃れることはできた。でも渚のまなざしは優しく、繋がれた手もあたたかくて、この人に思いをうちあけたら楽になれそうで、それに甘えたくなった。

「私、パートのみどりさんたちから嫌われてしまったみたい……」

　杏子は自分の気持ちを整理しながら言葉を探し、訥々《とつとつ》と話しだした。

　ロコモコの盛りつけに関する発言から生じた、みどりをはじめとするパートの人たちとの微妙な距離感について。

渚はときおり頷き、相槌《あいづち》をうって、じっと続きに耳を傾けてくれた。

ひとたび語りだすと、無意識のうちにもてあましていた寂しさや鬱屈《うっくつ》した感情がどっと溢《あふ》れて、喉《のど》の奥がきゅうとつまって泣きたくなった。

ここまで思い詰めていたのかと自分でもおどろくほどに。

特設ステージでイベントが行われているが、賑やかな楽曲や司会の女性の明るく甲高《かんだか》い声は別世界の音のように遠く聞こえた。

「みどりさんに、なにか直接言われたようなことは？」

ひととおり話を聞き終えた渚が訊いてくる。

「それはないけど……。だからこそよけいに難しい。もし謝れば、盛りつけの責任を押しつけたのが事実みたいになるし、かといってこの隔《へだ》たりがあるままで仕事をするのもつらいし……。そもそも、私がちゃんと盛りつけできてないせいでクレームが入ったのかもしれない」

「杏子さんの盛りつけは、いつもちゃんとしてますよ。絵心のある人は化粧《けしょう》や料理の盛りつけもたいてい上手《じょうず》です。写真の撮り方なんかもうまい。色彩やバランス感覚に優れているから。料理長はそれをわかっててずっと杏子さんをそばで使ってたんです。俺もそう。

忙しいときは小さなことにかまっていられないので、その手の感覚が身についている人を助手にしたほうがストレスが少なくて済むんです。俺はそれだけじゃないけど」

「ほかになにかあるの？」

　杏子は気になって問うが、

「言いません。意識することでそれが損《そこ》なわれたら嫌なんで」

　渚はかすかに笑ってかわす。

「気になるじゃない」

「……とにかく、杏子さんは今のままでいればいいんです」

　みどりに謝る必要はないと彼は言う。

「でも、あきらかにこれまでとは違う感じなの。渚君だったらどうする？」

「俺なら――」

　渚は少し考えてから、

「放っとく」

　きっぱりと言った。

「ぎくしゃくした関係のままでいいの？」

「この世の問題のすべてが解決しなけりゃならないってわけでもないですから。答えが出ないものもあっていい。人の気持ちなんて、時が経てば変わっていくことも多いし。とくに今回の場合は、杏子さんの単なる思い過ごしという可能性もありそうだ」

「そうかな。私の分のお饅頭《まんじゅう》なかったけど……」

挨拶《あいさつ》をしてもそっけない。

「みどりさんの性格を考えて、こっちが思うほど大きくは捉えてないと思います。実はどうでもいいというか、なんか落ち込んでるみたいだけど、悩むなら勝手に悩んどけくらいのスタンスですよ。ああいうタイプは、ふとしたきっかけで機嫌直して、なにもなかったように話しかけてきます。悪く言えば気分屋なんで、深く悩むだけ損ですよ」

言われてみると、みどりはそのような人にも思えた。

けれど、

「気分屋か……」

杏子は溜息をついた。

「私、みどりさんとあまり話さないからわからなくて」

「ああ、それがそもそもの原因です」

渚がやや諫《いさ》め口調になった。

「たしかに杏子さんは、厨房《ちゅうぼう》でも俺や料理長と絡む機会のほうが多い。だからむこうにとってもあえて仲良くなる必要がない相手なんですよ。そうなるとお互い関わらずじまいで、誤解が生じたときなんかに溝《みぞ》が深まりやすい。むこうだって、今、杏子さんがなに考えてるのかわからないんだと思います」

「……そうなの？」

みどりから見た自分がどんなふうなのか。自分の感情を処理するのに精一杯で、相手の立場でものを見ることはできていなかった。

「たとえば、あの会話を聞いたみどりさんが、杏子さんは腹を立てているのだと誤解しているケースだってありえます」

「………………」

それは考えたことがなかった。

もしそうなら、みどりとは冗談のひとつも交わさない仲だから、向こうからだって謝りづらいだろうし、気持ちを探ることもできない――。

「意外と待ってるんじゃないかな？　そっちから話しかけてくるのを」

渚もあくまで推測である。

「私から？」

「そう。これを機に、みどりさんご本人と向き合ってみてもいい。それでもし彼女が本気で怒っているのだとしても、きちんと誤解を解いて、またやり直せばいいんです。あの人は、チャンスをくれないような人ではありませんから、きっと」

言うほど簡単なことではないかもしれないが、希望は十分にあると彼は言う。

「そうだね」

杏子は前向きに頷《うなず》いた。

たしかに希望はある。渚に話したことで、八方塞《はっぽうふさ》がりだった道が少し拓けたような心地になった。

ゆっくりとそぞろ歩きを続けながら、渚が言った。

「つらかったら、もっと早くだれかに相談すればよかったのに。綾瀬や浦島《うらしま》や、俺でもいいし」

「そうしたかったんだけど……小さいころからの癖《くせ》で、つい我慢しちゃって……」

幼いころ、先生や近所のおばさんから、おてんばな妹たちの代わりによく自分が叱《しか》られた。

杏子ちゃんがしっかりしないからこうなるのよ。お姉ちゃんなんだからお願いね。

好き勝手やるのは妹のほうなのに、なぜか自分が叱られる。理不尽だと思っていた。

長子に生まれた子は多かれ少なかれ経験することなのだろうか。

問題は、そういう胸中のもやもやをだれにも相談できなかったことだ。母親にさえも。よけいな心配をさせて、めんどうかけることになるとわかっていたから――。

今、自分の顔には脆《もろ》い笑みが浮かんでいるのだろうなと杏子は思った。

幼いころ、勘づいた母が耳を傾けてくれたのに、それでも固く口を引き結んでいた。あのときみたいに。

「黙って堪え忍んで乗り越えるのが美徳みたいには考えなくていいです。俺たちは、そのための仲間なんで。信じて頼ったほうがいい。逆にそうでなければ俺たちとの関係も薄いものになっていきます。うちはチームワーク必須《ひっす》の職場なんで、もし調和を乱す人間がいるなら、きちんと話し合って、みんなで乗り切ったほうがいい」

「うん」

杏子は渚の言葉を心強く受けとめながら、自分の手を引いている彼の手を見つめる。

いつも清潔で、形が男らしく整っていて、たくさんの美味《おい》しい料理を作りだす器用な手。

渚の手が好きだと思う。

調理中の所作《しょさ》の美しさ、とりわけ包丁さばきの綺麗《きれい》さは、この手によるものだ。無駄がなく的確、かつ優美に動いて、まるでまじない師のように食材の形を変えてゆく。

でも、彼女がいるのに自分と手を繋《つな》ぐのはまずいんじゃないだろうか。

話しているあいだも、実は気になっていた。

一緒に山梨まで来たのは仕事がらみだからいいとしても、こんなふうにひと目もはばからず堂々と手を繋いだりして、男女の距離感に疎《うと》い人なのだろうか。木更津に行ったときも、なんとなくおなじ疑問を抱いた。

渚はどういうつもりなのだろう。

仕事では几帳面《きちょうめん》でも、ふだんは細かいことをいちいち気にしない性格ではある。それに、さくらが渚を束縛《そくばく》しない人だということもわかってはいる。それでも、さすがにこんな恋人みたいなマネは――。

杏子はぴたりと立ち止まった。

気づいた渚も足をとめる。

杏子がわずかに手を引きかけると、察したらしい彼はするりと手をほどいた。その手は、杏子のためにいつでもほどく準備ができていた。

それから、じっと黙ってこちらの出方を待っている。

「彼女いるのにだめでしょ。私も一応、女なんだし」

どうにも野暮《やぼ》なせりふに思え、杏子は視線を下にそむけて言った。でも、事実だ。まさかここにさくらはいないと思うが、もしも見たらいい気はしないはずだ。

「彼女？」

渚が聞きとがめる。すでに知られていたことに驚いたようすで。

「ごめん。真澄ちゃんから聞いてるの。さくらさんていう彼女がいるって」

「……………」

数拍の間があった。

「……ああ、さくらね」

渚はあくまで冷静に受けとめる。でもなぜか、少し笑っていた。

笑うしかない心境なのだろうか。既婚がバレた浮気男みたいに？

しかしそれにしては余裕のある、とらえどころのない笑みだった。

謎の淡い笑みをはいたまま、渚は問い返してきた。

「彼女がいなかったら、繋いだままでよかったんですか？」

杏子は思わず、「えっ？」と声をあげてしまった。

いなかったら――。そういうケースは考えてない。

渚は、返事はどうでもいいとばかりに、ワインの袋からどこかで買ってきたらしいミネラルウォーターを取り出し、杏子に差し出してきた。

「それは……わからないけど……」

なんだこの切り返しはと思いながら、自分でも煮えきらない答えをしどろもどろに返しつつ、ミネラルウォーターを受け取る。

揺れる透明な水を見て、喉がからからに渇《かわ》いていることに気づいた。

渚はたぶん、御手洗いがてら、どこかに水を買いに行っていたのだ。そしてついでに杏子の分も買ってくれたのだろう。

「ありがと」

礼を言ってから、キャップをひねってごくごくと水を飲むと、気持ちがすっきりして落ち着いた。

渚はふたたび歩き出す。

杏子もそのあとについて歩きながら思った。

さくらがいなければ、たぶん手を繋いだままでよかった。

だっていま、自分ではどうにもできなかった暗い袋小路からこの手に掬《すく》いあげられて、慰められた。少なくともこの人は、自分に寄り添って、味方してくれるのだと安心できた。

決してひとりではないのだと。

だからこそ、本音をうちあけることもできたのだろう。

年下でも包容力のある男はいるのだと真澄が言っていた。たしかにいるみたいだ。

そう思うと、ほどかれた渚の手のぬくもりが少し名残惜《なごり》しかった。


ぶどう祭りの会場から駅までは、ふたたびシャトルバスに乗った。

車内は行きの便とおなじで、家族連れや年配の夫婦などで混みあっている。

杏子たちはバスを待つ列の前のほうで待っていたので、並んで座ることができた。

渚が、真澄に渡すぶどうの箱が入った袋を杏子の膝の上に置いてきたので、それが落ちないように少し支えた。

窓の外に視線を移すと、ところどころにぶどう畑の点在する夕暮れどきの盆地と、秋の空が見渡せた。

渚も窓際に肘をついて、ガラス窓の向こうに流れる景色を無言のままぼうっと見つめている。

「ねえ、息をするのも忘れるほどにきれいな、希望に満ちた景色って見たことある？」

だしぬけに、杏子は訊ねた。

「なんですか、それ？」

渚は面食らったようすだ。

「こないだ、ロコモコの苦情を入れた経理部の人が、先輩に教えてもらったんだって。うちの会社の窓から、そんな景色が見えることがあるって。年に一度か二度くらいしかチャンスはないけど、仕事を続けていればいつか必ず見ることができるんだって」

「へえ。その先輩は実際に見たんですか？」

「うん。ちょうど社食のホールの窓とおなじ位置からね。その景色を見て、どんなにつらくてもいつかは終わる、いずれ乗り越えられると希望を抱いたんだって。そんなきれいな眺め、一体、どんなだったのかなって……」

　杏子は窓に流れる景色を見ながらつぶやく。

「会社の窓から、年に一度か二度ってことは、虹のかかった空とか？」

「私もそう思ったけど……。ほかにには、花火大会の夜の空とか？」

「それだと、一度はあるけど二度はない」

「そっか……」

　一体、どんな眺めだったのだろう。見たいと思う気持ちは深まるばかりだ。

　少し記憶を辿ったあと、渚が言った。

「きれいで忘れられない景色ってのはあるよ。生まれてはじめて山頂から見下ろした雲海《うんかい》とか、磐梯山《ばんだいさん》の紅葉とか……」

「渚君、山、好きだよね」

登山が趣味の人らしい発言である。

「白神山地《しらかみさんち》の青池《あおいけ》はほんとうにきれいだったな」

「青池？」

「青森県にある十二湖《じゅうにこ》のうちのひとつです。連れに誘われて行ったんだけど眼福《がんぷく》だった。碧《あお》くて、あまりにも水が澄んでいるから、深さがわからないんです。自分自身の深淵をのぞいているような、妙な心地になった。たしかに息をするのを忘れたよ。こんなきれいな場所があったのかって」

それまで自分が見てきたのは、この世のほんの一部にすぎず、まだまだたくさん知るべきことがあるのだと。ある種の希望を抱いたという。

「あれは、母親が亡くなってまもないころに見た景色だったから、今でも特別なのかもしれないな」

渚が、少し複雑な感傷に浸りかけた目をしてつぶやく。

「そう……」

景色も、そのときどきによって見え方が変わってくる。料理の味わいが、食したときの状況に左右されるのとおなじように。

だから、美しいと感じる気持ちがより深まったり、いつも見えているありふれた景色が特別に思えたりすることもあるのかもしれない。

いつか見られるのだろうか。藤丸ビルの窓の向こうに広がるという希望に満ちあふれた景色。

わからないけれど、それを励《はげ》みに、また明日から頑張ろうと杏子は思う。

「渚君、今日はありがとうね。なんか、元気出た」

礼を言うと、渚も少しほほえんで、無言のまま頷《うなず》いた。

ひょっとしたら、真澄からなにか言われていたのかもしれない。だから朝の電話で妙な沈黙があったのではないか。

もしそうなら、ふたりとも自分を思って動いてくれたことになる。

「私、頑張るね。みどりさんにも、ほかのパートさんにも話しかけてみる。パン食提供が決まったら、早出でパートさんたちにも協力してもらうことになるかもしれないし」

杏子はみずからにも言い聞かせるように告げる。

きっともう大丈夫だろう。寄り添ってくれる仲間がいるとわかったいまなら。

それからしばらく黙ってバスに揺られていると、体がすっかり冷えてしまった。

外はまだまだ暑いが、真夏ほどでもない。そのわりにエアコンの風は全開で、うっすら鳥肌まで立ってきた。

「寒いな。エアコン効きすぎ……」

杏子はぶるりと身を震わせ、腕をさする。

でも、ぶどうにはこれくらいの温度のほうが傷まずに済んでいいのかもしれないかと思いながら、おみやげ用に買ったぶどうの袋の中を眺めていると、渚が、だしぬけに杏子の手を取った。

え？

そのまま手の甲を覆《おお》うように手を繋《つな》がれる。

思わず渚の顔を仰《あお》いでしまい、間近で目が合ってどきりとした。

「大事な助手に、風邪《かぜ》でもひいて休まれたら困るんで」

手を繋いで温めてやるのだと、こちらの動揺《どうよう》を察したらしい渚が、訊きもしないのに告げてきた。

以前、金造《きんぞう》が、渚は自分の気に入った道具は大切にする人なのだと教えてくれた。

助手の手は、渚にとっては調理道具のひとつみたいなものなのだろう。

私は道具かよと思ったけれど、それ以前に、彼女がいる身でほかの女の手を握るのはやはりよろしくない。

「渚君、彼女いるでしょ」

二度も言わせるなと思いながら杏子が渚の手を退けようとすると、軽く繋ぎなおして阻《そ》止《し》された。それから反対の手でスマホを取り出し、一枚の写真を見せてきた。

「さくら」

そこには、床からこちらを見上げるかわいい白猫の姿が映っている。

「さくら?」

「そう、さくら」

渚はにやりと笑った。

「渚君の、彼女の?」

「そう。――いや、冗談だよ。彼女ではない。ペットだよ」

「でも真澄ちゃんが同棲《どうせい》してる彼女がいるって……、さくらがいるから泊まるのはダメだと断られたって……」

「まあ、たしかに同棲はしてるけど。断ったのは、前にあいつが猫アレルギーを持ってると言ってたからだよ」

「そうだったの」

杏子はなにか拍子抜けしたような感覚に陥《おちい》った。さくらは彼女ではなく飼い猫の名だったのだ。

「じゃ、真澄ちゃんは金造さんともグルになって私と梢ちゃんを騙《だま》したんだ」

色白で目が大きいかわいい子だとか言っていた。まさしくその通りだが。

「金造さんはなんて？」

「苦手だと言いながらもよろしくやってるって」

「ははっ、あの人が言いそうなことだな」

渚は呆《あき》れぎみに笑う。

「猫、苦手なの？」

「どっちかっていうと犬派かな。一緒に山登りできるような犬が好きです。柴犬《しばいぬ》とか、山でときどき飼い主について登るの見かけるけど羨《うらや》ましいな」

「犬って山登りできるんだ、丈夫なんだね」

「そう。柴犬は猟犬で筋肉が発達してるから、足場の悪いところでも動きが機敏なんだ。顔もかわいいし」

「じゃ、どうして猫を飼ってるの？」

「貰《もら》ってと言われたから断れず」

スマホの画面に視線を落として、ここは淡々と答えた。

「そうなんだ」

だれに貰ってと言われたのだろう。

ペットを飼うのは大変だ。毎日、餌《えさ》をあげないといけないし、食べれば出すし、病気になったりもする。苦手なのに、断れないで引き受けて、でも待ち受けにしているところを見るとなんだかんだでかわいがっているのだろう。渚君、やっぱいい人だなと杏子は思う。

ふと、通路に立っている五歳くらいの女の子がこちらを見ていることに気づいた。混雑したバス内ではすることもなくて、女の子はそのいたいけな瞳で、ふたりの繋がれた手をじと、と眺めている。

そういえば、渚と手を繋いでいるのだった。

冷えていた体は、いつのまにかすっかり温かくなっている。

子供の遠慮《えんりょ》のない目でじっと凝視されているせいか、なにやら気恥ずかしくなってきた。

「………」

ただ手を繋いでいるだけなのに、意識したとたん、ますます体がぽっぽっと温かくなって、頬《ほお》まで火照《ほて》ってくる。

手、はなそうかな。

温かいを通り越して熱くなってくるので、どうしようかと思った。

でも、渚に彼女がいないとわかった今、ふたりが手をはなさねばならない理由もない。

「パパ、ゆいなもおててつないでほしい」

女の子がそばにいた父親のシャツの裾《すそ》を引っ張ってねだる。杏子たちが羨ましかったらしい。車内はそれなりに騒がしかったものの、ほかの乗客まで自分たちの手元に注目している気がして杏子はさらに焦った。

それより、小さいのに立たせてしまって、この子に席を代わってあげたほうがいいのかな。でもそうしたら、渚とこの子が手を繋ぐことになってしまう？　まさか、それはない。ロリコンの誘拐犯《ゆうかいはん》みたいな図になってしまうではないか。——などと埒《らち》もないことをぐるぐると考えていると、あいかわらず窓の縁に肘をついて窓の向こうを見ていた渚が、笑いを堪えきれずといった調子で噴き出した。

「なんで笑ってるの？」

「かわいいから」

「だれが？」

女の子がか？

「杏子さんが」

こっちの焦りを見抜いているのか、渚は視線を窓の外にやったまま、にやにやしている。

「と、年上に向かってかわいいって言う？」

かーっと顔が赤くなった。からかわれているのだろうか。

「かわいければ言います。そもそも、俺と杏子さんは誕生日が半年とちょっとしか違わないのに、やたら年下年下と言って俺を年少者扱いする」

「だって年下だもん」

「早生まれじゃなければ同い年だった」

「どうして私が早生まれだと知ってるの？」

「綾瀬から聞いた」

たしかに杏子は三月生まれだ。

「それでも渚君のほうがあとから生まれてるでしょ」

「恋愛に歳《とし》なんか関係ないって、そろそろわからせたほうがいいのかな」

「どういう意味？」

今なにか、さらっと危ういことをつぶやかれた。

仕事に年齢は関係ない、の間違いではないのか。

「言った通りの意味です。——あ、駅、着いた」

渚が前方を見て言った。バスはちょうど駅前の道にさしかかったところだ。

一体、だれとだれの話をしているのだ。渚の腹が読めなくて、わけがわからなくなってくる。

けれど渚はそれきり涼しい顔で口をつぐみ、バスを降りるまで繋いだ手をはなさなかった。

第四話　オープンサンドをふたりで

「おいしーいっ」

「ぷりっぷりやな。めっちゃ甘いし」

ようやく訪れた昼の休憩《きゅうけい》時間に、シャインマスカットを一粒ほおばった真澄《ますみ》と梢《こずえ》が感嘆《かんたん》の声をあげた。

「さすが採りたてね」

みゆきも色艶《いろつや》のよい粒を見て感心する。

昨日、手土産《てみやげ》として渚《なぎさ》が買ったものだ。朝一番に真澄に渡したのを、お昼に食べようと彼女が冷蔵庫から出して披露してくれた。

「それはデザートにしようよ」

さっそくふたつ目に手を伸ばす真澄たちを杏子《きょうこ》は咎《とが》めた。目の前には出来立てのまかないが並んでいるのだ。

「ごめんごめん、ちょっと味見してるだけだから」

えへへと笑いながら、真澄がふたつ目を口にする。

今日のまかないは次号の社内報に掲載される予定の豆腐ハンバーグ定食で、余りものの材料で作るふだんのよりも豪華なのだが、ふたりとも、新鮮なフルーツの誘惑に負けてしまったらしい。

「いただきます」

杏子は箸《はし》を手にしつつ、どれから食べようかと定食を眺めた。

メインはひじきや干し椎茸《しいたけ》や人参《にんじん》など、体に良いものがぎっしりの豆腐ハンバーグで、上にとろりと和風のあんがかかっている。その横につけあわせのサラダがこんもりと添えられ、小鉢《こばち》は季節を迎えるさつまいもと蓮根《れんこん》の粒マスタード炒めと、ふわふわの卵がうれしい青梗菜《チンゲンサイ》とえびの卵炒《いた》めである。

広報課の平原沙由《ひらはらさゆ》が取材に訪れるため、試作も兼ねて杏子たちにも定食が提供されたのだが、肝心《かんじん》の沙由はまだ来ていない。

「ところで真澄ちゃん、知ってたでしょ、さくらが飼い猫の名前だって」

本当は朝一番に問いたかったところを、さすがに私的な会話すぎるので、この昼休憩までぐっとこらえていた。

「は？　彼女やなかったの」

「渚君、猫飼ってたのね」

箸を手にしかけた梢と、みゆきも目を丸くする。

「あっ、ばれちゃったんだ。あれはさ、なんとなくノリで冗談を言ってみただけよ。そしたらみんな全然疑わないいし、金造《きんぞう》さんものってくれちゃったしでおもしろくって、まあいいっかって」

豆腐ハンバーグを箸で一口分切りながら、真澄は悪びれもせずに言う。折を見て事実を明かすつもりだったという。

「それより杏子さん、渚とそんな話題になったんだ？」

真澄は意外そうだ。

「えっと……まあね」

たしかに渚と恋愛関係の話をするのはめずらしい。

手を繋《つな》がれたことは、まだ言っていない。渚がどういうつもりだったのかよくわからないし、自分でも彼の言葉をどうとらえていいかわからない。

ちなみに今日の勤務中、彼の態度はこれまでとまったく変わらなかった。とくに親しげに笑みを向けてくるわけでも、意識しすぎてよそよそしくなるでもなく、昨日のことなどまるでなかったかのようにさっぱりしていた。だから今のところ、あれは落ち込んだ同僚にほどこした人道的な救済だったのだろうと解釈している。

おかげさまで元気に立ち直れて、感謝の気持ちはいっぱいだけれど。

「あたし最近思うんだけどさ……」

真澄がサラダをつつきながらきりだした。

「渚って杏子さんに気があるんじゃないの？」

「えっ」

杏子はどきっとした。

「そうなん？」

「どう見ても専属小間使《こまづか》いとして酷使《こくし》されてるとしか思えないんだけど」

厨房のほうを気にしながら梢と一緒に首をひねると、真澄がきらりと目を光らせた。

「専属というのがミソなのよ」

「そういえば料理長は、渚に杏子ちゃんを取られたって嘆《なげ》いてたわね」

みゆきも思い出したように言った。もともと杏子は料理長のそばで調理補助をしていたが、あるときから渚とセットになることが多くなった。彼からそう申し出があったとかで。

「そうそう、あれも独占欲のあらわれよ。本人は認めるかどうか謎だけど」

「考えすぎだよ、真澄ちゃん。使い勝手がいいからだってはっきり言われてるし、恋愛感情はないと思う」

「あったとしても、立場をわきまえて隠すでしょ。おなじ職場でのべつまくなしに口説《くど》かれても周りは困るし」

「へえ、もしそうならおもしろそうやね。杏子さん、ためしに色気出してみたらどや？」

「い、色気ってどうやって出すんだっけ？」

そんな気はさらさらないが、思わず訊いてしまった。

「うーん、たとえば、潤んだ目で上目遣いしてみるとか、さりげなく髪の毛をかきあげてみるとかか？」

梢が適当に提案するが、

「だめだめ、そんなのごときで渚が尻尾《しっぽ》出すわけないって。いっつも羊の皮三枚くらいかぶってんだから」と真澄。

「三枚も？　なんか怖くない？」

渚が実はロールキャベツ系男子なのだという真澄の見たてを思い出した。

「それだけ理性的だという見方もあるわね」

みゆきがにこやかに言う。

「たしかに本能で生きてるタイプには見えんな」

梢も冷静に同意した。

「どのみち職場恋愛は疲れそうだからしたくないです」

杏子はほのかにマスタードの辛《から》みが効いたさつま芋《いも》を食べて、きっぱりと言った。

うまくいっているうちは楽しいかもしれないが、もしも別れたりしたら、お互いにどれほどやりにくくなるか。下手《へた》したら転職せねばならなくなるかもしれない。せっかくいい職場に恵まれたのに、そんなのはごめんだ。

それに高藤《たかとう》社長の息子という渚の出自を考えても自分とは釣り合わない。やはり彼はありえないと杏子は思う。

「つまんないのー」

真澄が口をとがらせたところで、

「おつかれさまです」

沙由が取材のために食堂にやってきた。

「あ、沙由さん来た」

配膳《はいぜん》カウンターに向かう彼女に気づいて杏子は言った。

「すみません、ちょっと遅れてしまって。ただいま参りました」

沙由は、厨房で渚とまかないを食べている料理長に頭を下げた。

「おつかれさん。料理はもうできてるから、うちの子たちと一緒に食べて」

料理長がこちらを指さしながらにこやかに告げる。

渚が沙由の分の料理を温蔵庫から取り出し、定食を支度《したく》するのが見えた。

「沙由さん、おつかれさまです。こちらでどうぞ」

杏子は立ち上がって合図すると、定食の載った自分のトレーを抱えて席を彼女の前に移した。

「おつかれさまです。もうお腹ぺこぺこで。みんな毎日、この時間なんですよね」

杏子たちのもとに来た沙由が、杏子の向かいに座りながら同情気味にぼやく。

「そうです。嵐が去ったあとにゆっくりいただく感じです」

「遅すぎてツライね……」

スタッフが昼の休憩に入ってまかないが食べられるようになるのは午後一時半をまわってからだ。もはや空腹の時間が長すぎて食欲のない日もあるけれど、自分のために作られた料理を前にすれば、やはり食べたくなる。

「お待たせしました」

渚が料理を運んできた。

「ありがとう。今回は豆腐ハンバーグ定食ですね」

沙由が礼を言うと、渚は、お愛想程度の笑みを浮かべて説明した。

「豆腐ハンバーグにかかっているのは料理長特製の和風のあんです。こちらの小鉢はさつまいもと蓮根の粒マスタード炒めで、なじみのある甘辛い味付けにマスタードの酸味を効かせてある、冷めてもおいしいヘルシーな根菜料理です。左の小鉢は青梗菜とえびと卵を炒めたもの。肉好きの人が抱きそうな豆腐ハンバーグの物足りなさを補《おぎな》うために用意しました」

「なるほど。盛りもいつもの小鉢よりいいですね」

「あと、雑穀米《ざっこくまい》のご飯と、きのこ入りの味噌汁がついてカロリーは六五〇以下です」

「わかりました。……はー、今日もおいしそう。見た目も完璧《かんぺき》ね」

沙由は食べるのが待ち遠しそうにつぶやきながらパシャ、パシャと何枚かの写真を一眼レフカメラで撮影した。

「ダイエット中の社員に勧めといてください、と料理長からの伝言です」

それだけ言い添えて渚が厨房《ちゅうぼう》に戻ってしまうと、

「そういえば、あの調理師の彼、高藤社長の息子って聞いたんだけど、ほんとなの？」

沙由がさっそく一口、豆腐ハンバーグを食したあと、訊いてきた。

「そうなんですよ。いろいろ複雑みたいですけど」

「社員のあいだでもちらほら噂《うわさ》になってるみたいね。うちもこないだ主人が彼のこと訊いてきたもの」

みゆきが言った。

渚が『高藤渚』の社員証をつけたからといって、彼をひと目見るために食堂に社員がつめかけるようなことはなかった。厨房はホールから見えるオープンな造りになっているものの、渚は滅多《めった》に配膳カウンターに出ないので目立たない。そもそも社員にとって食堂など日常の景色を構成するありふれた要素のひとつに過ぎず、たとえそこに社長の息子がいようが、さほど彼らの会社生活には影響もないからだ。

ただ、最近になって、厨房へ視線を巡らす社員が増えたような気がしなくもない。目につくのは、やはり若い女性社員だ。

「これからはあの子を狙う女子社員が出てくるかもね。イケメンだし玉《たま》の輿《こし》だし」

沙由が言うので、杏子は率直《そっちょく》に訊き返していた。

「渚君ってイケメンなんですか？」

皆が口をそろえて言うが、どうも解せない。

「ふつうにイケメンでしょ、顔は爽《さわ》やかに整ってるし、背も高いし」

「私には至ってふつうのお顔にしか見えないです」

中身に対する認識はいくらか変わってきたものの。

「杏子さんの好みってどんなタイプなん？　もしやB専？」

梢が不安げに眉《まゆ》をひそめる。

「ど、どうかな。とりあえず渚君の顔にときめいたことは……、年下だからかな？」

平凡な顔の自分を棚《たな》に上げて、おこがましいのだが。

「杏子さんてば、そんなこと言ってちゃダメじゃん、渚が藤《ふじ》の君《きみ》かもしれないのに」

沙由が「あっ」と目をみひらいた。

「聞いてるよ、エレベーターでぶつかった運命の人でしょ。え、なに、彼だったの？」

「藤ついてますから」と梢。

「ほんとだね！」

「やめてよ、本人も覚えてないって言ってるんだし」

「覚えてないのかぁ。本人に記憶がないなら、たしかめようがないよね」と沙由。

「そうです。だから藤の君探しはやめられないんです。渚君がそうでないことをハッキリさせるためにも」

「杏子ちゃんは渚君が藤の君だと困るのよね。おなじ職場なのは嫌だから」

みゆきがくすくす笑いながら言うと、

「なるほどねえ。それはわかるわ。うん、たしかに嫌」

職場恋愛の失敗を経験している沙由は、味噌汁を味わいながら深々と頷《うなず》く。

「ところで、パン食の提供はいつからだっけ？　もうそろそろだったよね。ばっちり食べてスクープしないと」

話は取材に戻った。

「来週からです。今、パン作りの練習してるところで」

提供前に宣伝することはタイミング的に無理なので、沙由には実際に提供されたパンを食べてもらって記事を書いてもらうことになっている。

それを読んだ社員が、また食べてみたいと思ったり、興味を持ってリクエストをくれれば定番化が見込めるからだ。

「結局、なにパンが出るんだっけ？」

「オープンサンド二種とカツサンドにしました」

「へえ、カツサンドとか、揚《あ》げたてのあつあつを食べられたらおいしそうでいいね」

「オープンサンドも自社商品を使って豪華な仕様にするから期待しててください。パン食系男子もぜったい唸《うな》らせてみせます」

杏子が意気込んで言うと、

「なに、パン食系男子って？」

沙由が小首をかしげた。

「意見箱にパン食をリクエストしてきた社員のペンネームです。『パン食系男子・藤実《ふじみ》』って」

「杏子さん、藤の君候補のために今回も頑張ったんですよ」

真澄が言うと、

「そうです、もしかしたら今回の人がそうかもしれないって気がして。勝手な期待ですけど」

杏子が少し照れてはにかむと、

「藤実って、藤に実るっていう字？」

「そうです」

「……ごめん、私、そのパン系男子の正体、知ってるわ」

沙由が申し訳なさそうに肩をすくめて言った。

「えっ」

杏子をはじめ、みなが箸をとめて沙由に注目する。

総務部にはいろいろな社員が出入りするため、顔見知りも多いのだろう。

しかし沙由の表情を見る限り、期待できる相手ではなさそうだ。

「どんな人なんですか?」

どきどきしながら杏子が問うと、案《あん》の定《じょう》、

「藤実っていうのは名前よ。正しくはふじさねって読むの。前戸《まえど》藤実さん。乳製品部の課長で、残念ながら定年間近の既婚のおっさん社員」

「えー、おっさんなの?」

真澄が非難めいた声をあげる。

「そうなんですね……」

さすがに爽やかさに満ち溢《あふ》れていた藤の君が定年間近とは考えられない。膨《ふく》らむ一方だった期待がにわかに萎《な》えしぼんで、杏子も脱力してしまった。

「知らんほうがよかったかもな。長いこと夢見られるもん」

梢が言うと、

「それもそうね、やっぱ言わないほうがよかった?」

沙由は申し訳なさげに口元を手で隠す。

「いいえ、いらぬ夢を見続けてるよりいいです。次、行けるし」

ははは と杏子は力なく笑った。どうりで伊佐治《いさじ》がくれた苗字《みようじ》に藤のつく社員リストに藤実の名がなかったわけだ。でも、おかげさまでパン食提供が実現できることになった。

「もう渚が藤の君でいいじゃん」

真澄が言うと、みなが「そうよそうよ」と笑って同意した。

「だから、同部署内での恋愛は困るんだってば」

杏子は、渚のいる厨房にまで会話が聞こえてやしないかとひやひやしながら拒絶した。

十月も二週目の半ばになった。

ひと営業を終え、ミーティングも済ませてそれぞれが明日の仕込みに取り掛かるころ。

杏子は、作業台の端に置かれた天板に並んだ二本の食パンに手をかざしてみた。

午前中に焼き上がったものだ。熱はすっかり冷めている。

「そろそろ切ってみる?」

真澄もやってきた。

「うん。渚君、手が空《あ》いたらおねがいします」

杏子は明日の定食に出す魚の切り身を汁に漬け込む作業をしている渚に声をかけた。さすがに業務用のパンスライサーは導入できないので、手で切ることになっている。

気づいた彼が「はい」と頷いて、洗った手を布巾で拭《ぬぐ》うのが見えた。

パン食提供が正式に決まってから、厨房では時間を作って毎日食パンを焼く練習をしている。

料理長の提案で、前日の夜に生地を仕込み、一晩、冷蔵庫で発酵《はっこう》させるオーバーナイト製法で作ることになった。

通常のストレート製法とは異なり、翌日は成形からはじめればいいので時短が可能なうえ、低温で一晩ゆっくり発酵させることで小麦の風味や甘みも増すため、最近は多くのパン屋がその製法をとっているのだという。

今日も、昨日の退勤前ぎりぎりに冷蔵庫に入れた生地を朝一番に取り出して、復温させてから成形にとりかかった。

焼き上がったのは十時半過ぎだ。提供当日は早朝勤務でもっと早い時間に焼き上げるが、今はまだ練習なのでおおまかな時間割りで作業している。

毎日、一・五斤《きん》を二本ずつ試作として焼いており、今日はついに具をのせて本番同様の仕上がりにする予定だ。

「パン切りはどうも苦手だな。パンが言うことを聞いてくれない」

渚が家庭用のパンカットガイドをあてた食パンに包丁を入れながら、めずらしくぼやく。

「十分、聞いてるように見えるけど」

スライスされた食パンは、お店で売っている六枚切りの山形食パンそのものだ。

「下手《へた》にカットガイドとか入れるからじゃないの？　渚ならそんな小道具なしでもきっちりやってのけるでしょ」

「できないことはないけど、これ一枚あたりの幅が十九ミリだろ？　それを一・五斤で十枚分とらなきゃならないんだから、一ミリでもずれたら最後の一枚は寸足らずか、厚すぎるかのどちらかで不都合になる。油断ならないな」

「ミミで調節すれば？　足りなかったら奪って、多かったら一緒に切り捨てごめんでいいじゃん」と真澄。

「いいけど、もしもすべてが一ミリずつ厚かった場合には、最後足りなくなって困るだろ」

「細かっ。ミリ単位の話とかされてもさあ」

「でも渚君、いつも目分量なのに、どの食材も機械で切ったみたいにきれいよね。どうやったらあんな均等に切れるの？」

「感覚」

渚は即答した。

「私も感覚で切ってるけど、見事にバラバラになるんだけど」

お恥ずかしながら、時間優先で切るので揃わないことのほうが多い。

「固い食材や形が壊れにくいものは押して切る、壊れやすい食材は引いて切る。相手は有機物なんで、なにかこう相手の繊維《せんい》や構造を意識して臨《のぞ》むといいです」

「うーん……、食材と対話する感じなのね」

「そんな余裕ないって。うちらなんて、まずあの牛刀に慣れるのがやっとだったんだから」

真澄が口を尖らせる。

家庭で一般的に使われている三徳《さんとく》包丁は日本の菜切《なきり》包丁と西洋の牛刀を組み合わせた、肉も魚も野菜も調理できる、いわゆる万能包丁だが、〈キッチン藤丸《ふじまる》〉の厨房で使っているのは刃渡りは長めで刃先に尖りのある牛刀そのものだ。たしかに杏子もはじめは重くて使いづらかった。

「牛刀はいいよ。大きな食材も一発で切れるし、切っ先は自在に使えるし。――で、パンの出来映えはどう?」

料理長がやってきた。

「あ、料理長、今日もここの味見がしたいです」

真澄が、渚が切り終えたパンのミミを取り上げて言った。

「そこよりも中身《クラム》に注目してほしいな」

「今日もうまく焼けてます。おいしい」

杏子は切れ端を味わいながらつぶやく。毎日、試食しているが、焼きたてはほんとうにおいしい。ふんわりやわらかく、それでいてしっとりして、ほのかに甘みもあって。

長時間熟成のうまみなのだろう。

「ほんと、香ばしくておいしーい。もうスライス食パンのままで出せばよくない？　料理長特製のジャムとかディップ並べとけば売れてくと思うの」

「適当すぎだろ」

渚が言うが、

「パン祭りみたいなイベントでならいけるかもね。楽しそう」

杏子も興味が湧いてきた。このパン食提供がうまくいけばさらにいろいろな企画が生まれるかもしれない。

明日の食パンの仕込みの練習も進めていかねばならない。

食在庫に向かった杏子は、業務用強力粉の大袋から必要な分量をスコップで掬《すく》いあげ、ボウルに移した。袋を閉じると、細かな粉の粒子がかすかに舞い上がった。

水の温度を調整し、必要分量を量る。そのうちの一部を取り分け、残った水にイースト菌を加え溶きほぐした。

イースト菌の分量は、通常のストレート製法のときの半分程度だ。一晩、冷蔵庫でゆっくり発酵させるため、少なくて済むのだという。

杏子はバターと塩以外の材料を捏《こ》ね機の釜《かま》に投入した。小麦粉、砂糖、脱脂粉乳《だっしふんにゅう》、イーストを溶かした水など。本番は一・五斤型のものを五本分焼かねばならない。材料はホームベーカリーの分量など比にならず、小麦粉だけでも一キロある。

スイッチを入れると、稼働音《かどうおん》とともにミキシングがはじまった。

捏ね機は業務用の攪拌機《かくはんき》を使用している。これまでは大量の卵や生クリームなどを混ぜるところしか見たことがなかったけれど出番がふえた。

「グルグルがはじまったな」

梢が中をのぞきに来た。フックに絡んだ粉やイーストが釜の中を巡りだす。

「毎日、よく働いてくれるね」

手捏ねパンに未練はあるものの、なにせ作る量が多い。料理長たちが言っていたとおり、早出しても一からすべてを手捏ねで仕上げるのは厳しいだろう。ほかの調理作業ができなくなってしまう。

片づけ作業などをしているうちにタイマーがピーッと音をたてたので、杏子は捏ね機のほうに戻り、生地の具合をのぞいてみた。

「そろそろかな」

グルテンがつながって、釜の壁から生地がはなれてくれれば塩を加えて捏ね、そのあとバターとショートニングも加えてさらに捏ねる。

生地表面がつるりと滑らかになってくるころを見計らって、

「料理長、生地チェックお願いします」

杏子は、切り分けたカツサンド用のカツを見ながら渚とあれこれ話している料理長を呼んだ。

「どれどれ」

やってきた料理長が、手にした生地を指先で伸ばしてみると、指紋がうっすらと見えるほどに薄い膜《まく》ができるようになった。ミキシングは終了だ。

「いい感じだね。捏ね上げ温度は?」

杏子は温度計を手にし、ぷすりと刺してみた。

「ＯＫです、二十六度」

料理長の指南によれば、理想は二十七度前後である。

生地は打ち粉をした作業台の上で五等分され、それぞれきれいに丸められ、濡れ布巾をかけて番重《ばんじゅう》の中に納まった。

「ここから一時間ですね」

杏子はタイマーを六十分でセットした。タイマーが鳴るころには生地が二倍近く膨《ふく》らんでいるだろう。仕込み作業は、それを冷蔵庫に入れたところで完了する。

あとはみゆきが事務仕事をしながら時間を待って、帰り際に冷蔵庫に入れてくれるので毎度おまかせしている。

「これ、もしも明日、作業に取り掛かるのが遅れた場合はどうなってしまうんですか？」

ふと気になって杏子は料理長にたずねた。

ストレート法なら一次発酵はおよそ一時間程度で終わる工程だ。もしも一夜を越えてさらに延々と発酵させ続けたら——。

「過発酵になって、その後のふくらみが悪くなったり、酸味のある匂《にお》いがするようになったりするだろうね。まあモノにもよるけど、おいしく仕上げるにはだいたい二十時間くらいまでが限界かな」

ハードパンなどはもっと長くてもいいのだという。

パン生地はとてもデリケートだ。発酵の進み具合も、材料や室内の気温、それに生地そのものの温度など、さまざまな条件が絡みあって変化する。

実は料理長の指導があっても、一度目からはベストな状態には仕上がらなかった。料理長自身が生地の状態を見ながら水の温度やイースト菌の分量、発酵時間などを調整し、五度目くらいにようやくお店のクオリティに近い仕上がりで焼き上げることができるようになったのだ。

十月も第三週目に入り、いよいよパン食メニューとして試験的にカツサンドと二種類のオープンサンドの提供がはじまる日を迎えた。

この二週間、空き時間を利用して毎日パン作りの練習に励《はげ》んだ。工程はしっかりと頭に入っているし、作業も板についてきた。練習通りにやればおいしく焼けるはずだ。

食パン製作は時間がかかるため、杏子と料理長が早朝に出社することになっている。

朝、五時。まだ外は暗かった。

藤丸物産で働きはじめて一年あまりになるけれど、こんなに早く出勤するのはこれがはじめてだ。

エレベーターはすでに稼働していた。藤丸物産は残業をなくす代わりに早朝勤務が推《すい》奨《しょう》されているので、朝五時から出社が可能だ。しかしさすがに早朝五時だと、社員の姿はほぼない。隣のエレベーターに乗り込む年配の男性社員を一人見かけただけだ。

食堂フロアも当然、まだ真っ暗だった。

厨房《ちゅうぼう》のほうだけ電気をつけて、控室で身支度《みじたく》を調えた杏子は、手を洗ってから昨日の夕方六時頃にみゆきが仕込んでくれた生地を冷蔵庫から取り出した。

生地は冷たいが、きれいにふくらんで、ほどよく発酵している。

小麦粉を指先につけてフィンガーチェックをしてみると、生地は戻ってこない。

「よし」

一次発酵は成功だ。

このまま生地が冷え切ったままで工程を進めると二次発酵がうまくいかないので、一時間ほど常温にさらしておかねばならない。杏子はそのために一番乗りで出勤したのだ。

料理長が来るのは生地が復温するころなので、それまではパンと一緒に提供する予定のミネストローネの材料切りをすることにした。

野菜を取りに、ふたたび食材庫のほうに向かう。

それから、ひとり黙々と下処理の作業を続けていた杏子は、ふと厨房にやってくる人の足音に気づいて顔を上げた。

ホールを見ると、暗かった東の空が白みはじめている。時計は午前五時半をまわったところだった。

あれ？

てっきり料理長だと思っていたが、暗いホール側からスイングドアを通って厨房に入ってきたのはパートのみどりだった。

「おはようございます」

杏子はあわてて頭を下げて挨拶《あいさつ》をした。

実はあれ以来、みどりとはとくに関わらないまま今日に至っている。

パン作りも、当初は実家がパン屋だという彼女の指導を乞《こ》うつもりでいたが、田貫《たぬき》部長がパートに残業させるのを渋ったのと、料理長の指導で事足りてしまったため、それもなくなった。

「おはよう。今日はね、料理長が早番で出られなくなったから、あたしがピンチヒッターだよ」

みどりはにこやかに――少なくとも表面上はそう見える笑顔で言った。いつものように顎下《あごした》までの短い髪をひっつめた、化粧《けしょう》っ気《け》のない顔。でもまなざしはきりりとして、やる気に満ちている。

「料理長、どうかされたんですか?」

たずねる声は緊張していた。

「奥さんが体調悪いから病院連れていきたいんですってよ」

「奥さん、大丈夫なんですかね?」

「うーん、倒れたみたいよ。ゆうべ連絡もらったときは命にはまったく別状ないって話だったけど、まあ、ちょっと心配だよね」

みどりは言いながら、手荷物をロッカーへ置きに行った。

料理長はなぜみどりに代わりを頼んだのだろう。パン作りの経験者というだけでなく、杏子が彼女とうまくコミュニケーションを図れるようになるための配慮なのかもしれない。

「さてと、早いとこ取り掛かろ。発酵はできてた? 乾燥してない?」

みどりが腕を捲《まく》りながら戻ってきて、流しで手を洗いながら問う。

パン生地は乾燥に弱く、空気にさらされればすぐに表面が乾いてしまう。

「はい、大丈夫ですっ」

えらく威勢よい返事になってしまい、力みすぎたと杏子は後悔《こうかい》した。相手がみどりというだけで構えてしまっているのだろう。鼓動もいつもより速い。

「復温したかな？」

「はい、ぽちぽちだと思います」

冷蔵庫から出してからも発酵は進む。常温にして一時間足らずだが、少し緩まって膨らんでいるように見えた。

「温度見てみます」

調理用の温度計を刺して生地の温度を測ってみると適温だったので、ガス抜きすることにした。打ち粉をした作業台の上に生地を出し、発酵により生じたガスを外に押し出していく。

杏子はめん棒を軽く転がすが、みどりは手のひらを使って抜いていた。

「あ、めん棒使いますか？」

杏子がめん棒を渡しかけるが、

「ううん、手でするから大丈夫よ」

みどりはかぶりをふった。

ああいうタイプは何事もなかったように接してきますよ——渚が言った通り、みどりの話し声は、ふだんほかの人たちと話すのとおなじように朗《ほが》らかで、たしかになにもなかったみたいな態度だ。

あれから二週間以上も経っているのだから、杏子に対する不満があったとしても、もう薄れたのかもしれない。

「分割は三つ？」

スケールで重さを量りながら問われる。

「はい」

頷《うなず》くと、みどりはスケッパーで生地を三つに分割してくれた。

みどりは手際《てぎわ》がいい。ふだんからてきぱきとした人だが、こうして近くで同じ作業をするとあらためてよくわかる。

切り分けた生地をふたたびスケールにのせると、どれもだいたい均等だった。

「オッケーね」

みどりはそのうちのひとつを杏子のほうに置いてくれた。

杏子は礼を言って生地を手にし、表面が滑らかになるよう切り口を内側に丸めこんで合わせ目を閉じる。

みどりもおなじように生地を丸めるが、手つきは慣れているし表面もきれいで滑らかだ。

「みどりさん、さすがに上手《じょうず》ですね。かたちもきれいで」

杏子はみどりが丸めた生地をまじまじと見つめて感心する。さすがパン屋の娘だけある。

「そう？　実家の店を本格的に手伝ったのは、ここに来る前のほんの数年の間だけだよ。まあ、今も家でときどき焼いてるけどね」

言いながら、みどりは丸めた生地を番重の中に入れる。成形しやすくするために、一旦、生地を休ませるのだ。

「いつも何分くらい休ませてるの？」

みどりが、スチコンの中に番重を運び入れている杏子に問う。

「三十度で約二十分です」

「ふうん、けっこう長くとるんだね。ふつう十とか十五分程度なのに」

「料理長もこのあたりの指示には毎度、迷われてました」

「細かい見極めは難しいよね」

言いながらみどりは、方形の焼き型の内側に焦げつき防止のためのバターを塗りはじめる。

「たった五本の食パンでもこんなに大変なのに、なん十種類も朝イチに店頭に並べなくちゃいけないパン屋さんて相当大変ですよね」

杏子も焼き型の準備にとりかかった。

「そうだね。パン屋はたいてい前日に仕込んでおくのよ。成形済みの生地を前日にオーブンの鉄板に並べて、冷蔵機能付きの発酵機に入れておいてタイマーをかけておくの。で、当日は、自動で冷蔵から発酵させたものを朝イチですぐに焼成《しょうせい》するっていう」

「そういう便利な機材があるんですね」

「一から全部やっていたら大変だからね。昔はそうだったんだろうけども」

すべての焼き型にバターを塗り込めると、残りのベンチタイムの時間はカツサンド用のカツの下ごしらえにあてた。

「みどりさんのご実家のパン屋さん、どちらにあるんですか？　都内？」

杏子は袋からトレーに、パン粉をさらさらと出しながら問う。ひと工程をふたりきりで共にこなしたおかげか、杏子はいくらかみどりになじんでいた。

みどりは話しやすくて、会話をするごとに、心がほぐれていくような感じがしていた。

「ううん、埼玉。昭和感丸出しの古臭《ふるくさ》いパン屋よ」

ジャガイモを洗っていたみどりは、苦笑しながら答えた。みどりは埼玉出身らしい。

昭和感丸出しとは。

「どんなパンが置いてあるんですか？」

「えーとね、メロンパン、あんぱん、コロッケぱん、食パンとロールパン、ゴボウパン、焼きそばパン、きなこあげぱんでしょ、それと三食パンとか、チョココロネとか」

「三食パンって昭和っぽいですよね。中身はなんだったんですか？」

「苺《いちご》ジャム、カスタード、チョコクリームだったね」

「おいしそう。私はあんことカスタードとチョコのを食べたことあります」

「あんこ率が高いよね。……父は肉でも魚でもなんでも焦がさないと気が済まない人でさ、お店のパンもけっこうしっかり焦がしてるんだ。メロンパンとかもこんがりして、まあ、あそこまでこんがりしたパン屋はなかなか見ないね」

苦笑して話すが、そんな父親のパンを愛《いと》おしく思っているふうだ。

「店構えも古くてさ、木造でガラスの引き戸を開けてはいるような店構えなの。看板もトタン板の古いまんまね。うち、祖父の代まではタバコや文房具を売る雑貨屋でね。あたしが生まれたときはもう店は閉まってたんだけど、そこを脱サラした父が少しだけ改装してパン屋をはじめたの。あたしが小学校二年くらいのときかな。今も父が現役《げんえき》でやってるんだよ。今年でもう七十三歳のおじいちゃん」

「お元気ですね」

「そう、甥《おい》っ子に助けられながらだけどね」

「甥っ子さんがお店を継がれたんですか？」

「うん。あたしがさっさと家を出ちゃったからね。母が病気して店を手伝えなくなったのをきっかけに、夫婦で継いでくれたの。せっかくお客さんがついてるお店を畳《たた》むのはもったいないからって。けっこう繁盛《はんじょう》してて、夕方にはほとんど売り切れるんだよ」

「おいしいから、みんなが足を運んでくれるんですね」

「常連さんに支えられてる感じだね。最近はレトロ感を売りにしてさらにうまくやってるみたい」

そこでベンチタイム終了の音が鳴ったので、杏子はスチコンのほうに向かった。

ここから食パンの元になる形を作っていく成形の工程に入る。

杏子は休ませてあった生地のひとつを取り出し、粉をはたいた作業台の上に置いて軽くガスを抜き、めん棒をつかって伸ばした。

ここでもみどりは手のみを使ってうまく作業をしている。

伸ばした生地をくるくると三回転半ほど巻き、俵型《たわらがた》に成形していく。

「実家どこなの？」

みどりがふたつ目の生地を手にしながら訊いてくる。

「愛知の端っこの田舎《いなか》です」

「ああ、東京じゃないんだ。大学からこっち？」

「はい。うちの実家、代々花卉《かき》農家で、両親は菊を作ってるんです」

「へえ、花卉農家」

みどりが興味深げに相槌《あいづち》を打つ。

「私は三人姉妹の長女で、なんとなく後を継がなくちゃいけないムードで育ったのに勝手に家出てきちゃって、ときどき申し訳なくなります。お父さん怒ってるんじゃないかなとか」

「家業を継ぐ気はないの？」

「……はい。今のところは」

杏子は消極的に答えた。

「小さいころは、自分も大きくなったらお花作るなんて言ってたけど、実際に大人になったらやりたくなくなっちゃって」

親や祖父母が苦労している姿を見て育ったせいだろうか。大変さをわかっているがゆえに、あの仕事はできないと思った。

「わかる。あたしも小さいころはパン職人にあこがれてね、父からパン作りを教わって一緒に作ったりしてたのに、娘になるころにはもう寄りつきもしなかった。パン屋なんて、朝は早くて長時間の重労働だし、火傷《やけど》はするし、地道な作業のくりかえしでしょ。母親だって腰痛や肩こりにいっつも悩まされてたからね。それにお店は古いし、売れ残りのパンも毎日のように食べさせられて、うんざりしてた。跡を継ぐなんてぜったいに嫌だって、毎日のように思いながら高校通ってたね」

みどりは苦笑いしながら話す。なぜか今はそんな感情は微塵《みじん》もなくて、むしろ誇りに思っているふうに見受けられるが。

杏子は似たような境遇だったみどりに親近感をおぼえ、気づくと言葉を継いでいた。

「……うちのお父さん、わりと無口な人で、正直、なに考えてるかわからないんです。とくに進路のことなんていっさい口出ししてこなくて」

結局、自分の思いのままに家を出てきてしまった。

両親の思いも顧《かえり》みずに上京し、憧れだった都会での一人暮らしも実現させて、なんとなく一人前になったつもりでいるけれど、ときどきふと、実家で働く両親の姿が思い浮かぶことがある。

「実際、どうなの。ご両親は、家業を継いでもらいたいって思ってそうなの？」

「母からは二十八までに結婚できなかったら実家に戻って家業を継げって言われてます。父も、姉妹のだれかには継いでもらいたいと思ってるはずです。でも、それを言えないんだと思う。無理に押しつけて、あとになって文句を言われるのが嫌なんだと思います」

杏子は生地を俵型に成形しながら続ける。

「進路もそう。私は美術系に進みたくて、お母さんは頭ごなしに反対してきたけど、お父さんはなにも言わなかった。東京行きだって反対だったくせに……」

行くなとはっきり言えばいいのに、言えなかったのだろう。妹ふたりにだって、どちらかひとりくらい農業高校に行ってもらいたかっただろうになにも言えずじまいだった。

口数の少ない父とは腹を割って話したことは一度もないので、本心はいまだにわからないけれど。

「私、お父さんのそういうところ、内心すごく嫌いでした。娘に言いたいことも言えない気弱な人なんだなって、ちょっと情けなくて……」

父の口からもっと強く叱《しか》られれば、家も出ず、家業だって継いだかもしれないのに――。

「あ、すみません、朝からこんな話」

杏子は、はたと口をつぐんだ。

たいして親しいわけでもないのに、気安く身内の話などされて迷惑だったかもしれない。自分でも不思議だった。今朝の、ついさっきまで気遣わしく思っていた相手なのに、自分でも蓋《ふた》をしていたような深い話をすんなりと口にしてしまえた。

みどりの親しみやすい性格と、この早朝の静まり返ったほの暗い食堂フロアの、いつもと違う雰囲気《ふんいき》がそうさせたのかもしれない。

「いいよ。跡継ぎ問題はうちもあった。長女は嫌な思いするよね」

　みどりは手粉をパンパンとはたいてほほえんだ。

「うちなんか一人っ子でさ、小さいころに『あたしがお店継ぐから』なんて宣言してたもんだから、ずっと後ろめたかった。……気弱で無口なのもおなじだね。いつも母さんの尻に敷かれっぱなしでさ、こだわりが強いくせに、面と向かって意見言えない不甲斐《ふがい》ない父親にずっとイライラしてた。高校のときはあたし、ろくに家にも帰らなくって、父とはほとんど口きいてなかったよ。でもね――」

　みどりは生地をガス抜きしていた手を止めて言った。

「気弱な人って、それだけ優しい人ってことでもあると思うの」

「優しい人？」

「そう。結局、相手のために折れて、道を譲《ゆず》っているわけでしょう？　気弱だからそうせざるをえないのかもしれないけど、裏をかえせば相手の主張に耐えて合わせられる人なの。まあ、情けないとか意志薄弱とか、悪く思われがちだけど、でも、世の中にはそういうタイプの人も必要だからね」

　たしかに我の強い人ばかりだったら衝突してしまって成り立たないだろう。

　俵型にした生地を箱におさめたみどりは、あらたな生地に手を伸ばしながら続けた。

「あたし、結婚するときに両親に猛反対されてね」

「猛反対ですか？」

「うん。まだ二十二歳だったたし、相手は仕事絡みで借金抱えててさ、父親もそれが気に入らなくてね。せめてもっと生活が安定してからでいいだろうって、めずらしく口に出して反対してきたの。——でも、急ぐのには理由があってさ、あたし、お腹に赤ちゃんがいたのよ」

　みどりは少し照れたようすで小声になった。

「赤ちゃん……」

「そう。先にできちゃって。それで結婚するしかなかったの。母にはこっそりそのことをうちあけてなんとか味方についてもらったんだけど、父にはね……、なかなか直接話せなくて、結婚式の段取りも決まっていくのに、ますます溝《みぞ》は深まるばかりで……」

「お父さんはずっと知らないままだったんですか？」

「ううん、母からすぐ伝わってたと思う。それも気に入らなかったと思うよ。最近じゃ、さずかり婚だなんて耳ざわりのいい言葉になってわりと歓迎モードだけど、当時はまだ世間的にちょっとお恥ずかしい感じだったからね。それに、お店を継いでもらえない失望感みたいなのも大きかったと思う。まあ、あたしと喧嘩《けんか》になるのが嫌で口には出さなかったけど、あたしはそれがかえって気に食わなかった」

やっぱり娘にもなにも言えない意気地《いくじ》なしなのかって。

とにかく結婚には反対したままで、結婚式の打ち合わせにもいっさいかかわらなかったし、お互いまともな会話もなかったという。

「昔は仲よくパン作りしてたのに、いつのまにこんなふうになっちゃったんだろうって、どっかで寂しかったな」

みどりは生地をくるりと巻きながら続ける。

「でね、ついに一言も口きかないまま結婚式の前夜になってさ、ふつう、娘が結婚となればお店は臨時休業するでしょ？　でも父はいつものように、仕込みのためにお店に出掛けて不在でね。……ああ、店も継がず、好き勝手に生きてる娘の結婚式にはやっぱり出てくれないんだなって、悲しくて。でももう二度と実家に帰るつもりはなくて、ここで謝らなかったら一生謝れないと思ったから、勇気出して話をしに行ったんだ。ところがね――」

夜、店の裏口から入って作業場のドアを開けると、なぜかガスオーブンが稼働《かどう》した気配があって、パンの焼ける匂《にお》いがした。

父はというと、ちょうどオーブンから焼けたパンの並んだ天板を取り出しているところだった。

天板に並ぶのはメロンパンだ。縦横に四個ずつ並んだその天板が五枚分もある。

「ぜんぶメロンパンだったの。六十個くらいあったかな。いつもお店に並んでいるのとおなじのが六十個も。……父さん、こんな時間になにしてるのって訊いたら、明日、おまえと一緒にお嫁に出してやるんだって。お祝いの証《あかし》に、みんなにひとつずつ配ってやるんだって言うのよ」

かりかりに焼けたひび割れの上に、ほんのり雪のようにまぶされたお砂糖。

幼いころ、父と一緒にメロンパンを作った日のことが思い出された。

小さな手で捏《こ》ねたあたたかな生地。息をつめて入れたクラスト生地の格子《こうし》模様。

焼き上がるのが待ち遠しくて、オーブンの窓を何度ものぞいては父にたしなめられた。

わくわくしながら嗅《か》いだ、あの懐かしい甘い香り。

お店を継ぐのだと言い張っておいて、結局、出ていってしまう身勝手な娘なのに。

「ああ、お父さん、あたしのわがまま、ぜんぶ許してくれるんだなって、なんか泣けてきちゃってさ……。結局、私が思い通りにやってこられたのは、父さんがあたしのわがままをぜんぶ許してくれたおかげなんだって。父さんが優しい人なんだって気づくのに、あたし、何年もかかった……」

だから、あなたの実家のお父さんもきっと、娘思いの優しい人なんだと思うよ。

みどりは成形し終えた生地をそっと焼き型におさめながらそう言った。

「…………」

杏子の中に、実家の父の姿がよみがえる。

大きなハウスで、細紐で小さく仕切られた升目《ますめ》に丁寧に菊の苗を生けている父。

愚痴《ぐち》や弱音は、滅多に吐かず、いつも黙々と農作業をしているあの背中。

ほんとうは家を出てほしくなかったはずなのに、最後までなにも言わなかった。

父は、言えなかったのではなく、言わなかったのではないか。娘のために——。

「さて、これで全部完了だね。さっそく二次発酵に入ろうか」

杏子が最後の生地を成形し終えて焼き型に入れてしまうと、みどりが型をスチコンのほうに運びだした。

「はい」

杏子も残りの焼き型を運んだ。

狭いスチコンの棚《たな》に焼き型を置き入れながら、頭では、今月の給料が入ったら実家の父になにか——もうじき寒くなるから、厚手の靴下《くつした》でも送ろうかなと考えた。

二次発酵では、三十八度のところで約六十分間生地を発酵させる。

「あと一歩、がんばってね」

ドアを閉めたあと、中をのぞいて杏子はつぶやいた。生きた酵母《こうぼ》に働いてもらうことになるので、つい祈るような気持ちになる。

「うまく膨《ふく》らんでほしいねえ」

みどりもスチコンの窓から中をのぞいて言う。

「オープンサンド、手軽な料理に見えるけど、完成させるまでの道のりは長いですよね」

まだまだ土台を作っているのにすぎない。この先、カツサンドのカツも揚《あ》げなくてはならないし、目玉焼きも、きのこグラタン作りもある。それをふだんのメニューと並行して調理せねばならない。料理長の遅刻という不安要素もある。

「でも、具材をのせるところまで、気を抜かずに頑張りたいです」

杏子は発酵のためにうっすら熱されるパン生地を見つめながら、自分に言い聞かせて気合を入れる。これが〈キッチン藤丸〉ではじめてのパン食提供になるのだ。

「そうだね。一枚一枚ね。うちらは大量におなじものを作ってるけど、お客さんにとってはお金を払って頼んだ大事な一皿なわけだから、ちゃんと全部に心を込めて作らないとね。ほら、こないだのロコモコみたいにクレームきちゃうしさ」

「あ」

まだ、どこかでわだかまっていたことにふれられ、どきりとした。

けれど今のみどりの言い方は、決して嫌みでもなければ皮肉めいてもいなかった。杏子も含め、自分たちスタッフ自身のことなのだと受け止めての発言だ。

はじめから怒ってなんかいなかったのか、あるいはこの半月あまりでどうでもよくなったか。ほんとうのところはわからない。

でも、いまさら本音をたしかめたところで、さして意味はないように思えた。物事はこんなふうに、なるようになって流れていくのだ。

「そうですよね」

杏子は明るく返事をする。

「でも、ちょっと休憩《きゅうけい》しようか。杏子ちゃん、朝早かったでしょ」

みどりが、ふうと息をつきながら言った。

「はい」

杏子ちゃん――たしか、これまでみどりは自分のことを皆川《みながわ》さんと呼んでいた。名前で呼んでもらえたのは今日がはじめてだ。

ちょっと待ってて、とみどりが控室に入っていき、紙の包みを手にして戻ってきた。

どこかの洋菓子店の焼き菓子らしかった。

「これ、お菓子持ってきたの。こないだ日光《にっこう》のお土産《みやげ》を配ったとき、杏子ちゃんの分をコダヌキさんが食べちゃったから、代わりにあげようと思って」

「えっ」

あの日、たしかに田貫部長が厨房《ちゅうぼう》にやってきたが。

「箱にひとつ残しておいたのに、ちゃっかりふたつも食べたのよ、あの部長」

だからタヌキみたいにお腹が出るんだよ、とみどりが笑う。

「そうだったんですね」

なんだ、自分の分がなかったわけじゃなかったんだ。

今さらながらにほっとしつつ、田貫部長の食い意地のせいでよぶんに悩んでいたのかと思うとおかしくて、つい笑ってしまった。

「うれしい。わざわざありがとうございます。私、お茶淹《い》れますね」

「よろしく。ホールで飲もうか」

「はい」

友達でもないし、名のつくほどの関係でもないけれど、みどりとの距離はずいぶん縮まったように思えた。杏子自身の捉え方が変わったのもあるのだろう。

杏子はお茶を支度《したく》してホールに出た。

午前六時半ごろ。日の出は迎えたものの、まだホール全体はほの暗い。

電気を点けようとした杏子だったが、ふと外の景色に目を奪われた。

「わ……」

窓一面の窓ガラスの向こうに、朝焼けが広がっていたのだ。

「きれい……」

思わず溜息交じりの声が出た。

「見てください、みどりさん、すごくきれいな空」

杏子は、スイングドアをくぐってこちらにやってくるみどりにも告げた。

「おお、見事な朝焼けだね」

彼女もガラスの向こうの眺めに感嘆《かんたん》の声をあげた。

朝陽に染まった雲が、わずかに顔を出した太陽から放射状に広がっているように見える。

吸い込まれそうに美しい、群青《ぐんじょう》色から橙《だいだい》、そして黄金色への淡いグラデーション。

陽の光をたたえた雲間から、光の粒子がきらきらとこぼれおちてきそうだ。

杏子は息をつめてその景色に見入った。

そこで、エレベーターの稼働音《かどうおん》がしたかと思うとドアが開き、人がやってきた。

「おはようございまーす」

無人の広いホールに、明るい声が響く。真澄だ。となりに渚もいた。

「あれ、早いね、ふたりとも」

「あたしは杏子さん手伝おうと思って早く来たの。そしたら渚と駅でばったり会ったんだ」

「俺は、今日、料理長から十時頃からしか出られないと連絡を貰《もら》ったので、厨房が気になって」

おそらく料理長からも早出するよう勧められたのだろう。

「パン作りは順調ですか？」

「うん。ここまでは予定通り」

このあと二次発酵が済めば、あとは焼成《しょうせい》だけだ。

「見て、きれいな朝焼け」

杏子はガラス窓のほうを指さして言った。ふたりにも見てもらいたかった。

「ほんとだー」

真澄が引き寄せられるように窓際に歩いていく。

「こんなの滅多《めった》に見られないよね。朝残業してる社員だけの特権じゃない？」

じっと遠くの朝焼けを眺めながら真澄が問う。

「そういえば、今日は経理部の人も中間決算後の処理で忙しくて、朝残業のために特別に早く出社してるらしいですよ。部長曰《いわ》く、年に一度か二度くらい、そういう日があるそうで」

隣に来た渚が言った。

「そうなんだ。──あ」

年に一度か二度くらい。

杏子の中で、ある記憶がまたたいた。

年に一度か二度くらいしかチャンスはないけれど、頑張ってここで仕事を続けていればきっと見ることができる景色。

「もしかして……」

経理部一課の小西遥《こにしはるか》が言っていた、息をするのもわすれるほどの、希望に満ちた眺めとはもしや──。

「俺もそう思います」

渚に頷《うなず》かれ、杏子はふたたび窓ガラスに視線を移した。

ああ、たしかに奇跡のように美しくて、心が洗われるような。

どんなに行き詰まっていても、いつか必ず潮目が変わるときがくる。

今朝が、その予兆であると信じられるような、希望に満ちあふれた眺めだ。

かつて捺乃《なつの》先輩が見たのも、こんな夜明けの空ではなかったのか。

「十九階からも、もちろん見えてるよね」

「うん」

杏子は最近、遥が歳《とし》の近い女子社員とふたりでカウンター席に座っているのを見かけた。今月には人員がひとり増やされるのだと言っていたから、新しく経理部に入ってきた子なのだろう。連れができて楽しそうだ。

きっと彼女もこの景色に気づいて、捺乃先輩を思い出しただろう。そしてこの胸のすくような一日のはじまりの空を、清々しい気持ちで眺めたのにちがいない――。

「ちょっと、そこのふたり」

朝焼けを眺めていた真澄が、突然こちらをふりかえった。

「朝からなにいい雰囲気《ふんいき》になってんのよ？」

「べつになってないけど」

渚が淡々と答える。

「今、ふたりっきりでなんかコソコソ話してたでしょ」

「あらっ、おふたりはそういう関係なの？」

みどりがぎょっとしてこちらを見るので、杏子はあわてて否定した。

「そ、そんなことないですよ。ないない、まったくない。ねえ、渚君」

「ないですよ、今はまだ」

今はまだ？

なにこっこり思わせぶりな笑みで悪のりしてるんだ、と目をむいていると、

「ほらね。もう、みどりさんもなんか言ってやってくださいよ、このふたり、なんか怪しいんだから」

真澄が調子に乗ってからかってくる。

「まあ、若いふたりはいいわねえ」

「ほんとにそんなんじゃないですってば。経理部の社員さんの話をしてただけだからっ」

みどりまでがにやにやしだすので、杏子は大慌てで否定した。


その日、遅刻してきた料理長がオリジナルのブレンドソースを作ってくれて、ランチの営業時間までに無事、オープンサンドと変わりカツサンドができあがった。

具材を彩りよく贅沢《ぜいたく》にのせた卵とパストラミポークのオープンサンド。

クリーミーなホワイトソースとチーズが蕩《とろ》けあった、あつあつのきのこ入りグラタンの

オープンサンド。

カリッと揚《あ》げたての分厚いジューシーカツが、キャベツとチーズとともに挟まったボリュームのカツサンド。

それぞれがミネストローネとフライドポテト、それにピクルスサラダとセットになって提供される。カロリーはやや高めだが、田貫部長は目を瞑《つむ》ってくれた。

三種のパン食の予約分はどれも完売だ。この調子で、当日分も売り切れますように。杏子は期待に胸をふくらませつつ、配膳《はいぜん》カウンターに立つ。

「お、課長もパン食っすか」

カツサンドのトレーを受け取ってふり返った社員が、列に並んでいる別の社員に話しかけた。

「うん。これ、たぶん僕の意見のおかげなんだよね」

その社員が小声で得意げに返すのが聞こえた。

順番が巡ってきたその社員の名札を見ると『前戸藤実』とある。

パン食系男子だ。

ほんとうに五十過ぎのおじさまで、藤の君ではありえなかった。そこは残念だったけれど、おかげさまで社食メニューの幅を広げることができた。パン作りをきっかけに、パートのみどりとも親しくなれたし。

「ありがとうございます。卵とパストラミポークのオープンサンドです」

どうぞ召し上がれ。

杏子は意見箱への投函《とうかん》に心から感謝しながら、その課長にできたてのオープンサンドを差し出した。

集英社オレンジ文庫をお買い上げいただき、ありがとうございます。
ご意見・ご感想をお待ちしております。

● あて先
〒101-8050　東京都千代田区一ツ橋2-5-10
集英社オレンジ文庫編集部 気付
高山ちあき先生

藤丸物産のごはん話 2

麗しのロコモコ

集英社
オレンジ文庫

2022年6月22日　第1刷発行

著　者　高山ちあき
発行者　北畠輝幸
発行所　株式会社集英社
〒101-8050東京都千代田区一ツ橋2-5-10
電話【編集部】03-3230-6352
【読者係】03-3230-6080
【販売部】03-3230-6393（書店専用）
印刷所　凸版印刷株式会社

ISBN 978-4-08-680453-0 C0193